刺猬的愿望

敦·德勒根作品集

[荷]敦·德勒根 / 著
蒋佳惠 / 译

贵州出版集团
贵州人民出版社

Het verlangen van de egel © 2014 Toon Tellegen
Originally published by Em. Querido's Uitgeverij Amsterdam
© Cover illustration Mance Post/Literatuurmuseum
Simplified Chinese translation © 2025 by Light Reading Culture Media (Beijing) Co., Ltd.
All rights reserved.

著作权合同登记号 图字：22-2025-006 号

图书在版编目（CIP）数据

刺猬的愿望：敦·德勒根作品集 /（荷）敦·德勒根著；蒋佳惠译. -- 贵阳：贵州人民出版社，2025.6. --（C 文库）. -- ISBN 978-7-221-18970-7

Ⅰ. I563.45

中国国家版本馆 CIP 数据核字第 2025X4C837 号

CIWEI DE YUANWANG: DUN DELEGEN ZUOPINJI
刺猬的愿望：敦·德勒根作品集
［荷］敦·德勒根 / 著
蒋佳惠 / 译

选题策划	轻读文库	出 版 人	朱文迅
责任编辑	张晋萍	特约编辑	张雅洁

出　版	贵州出版集团　贵州人民出版社
地　址	贵州省贵阳市观山湖区会展东路 SOHO 办公区 A 座
发　行	轻读文化传媒（北京）有限公司
印　刷	河北鹏润印刷有限公司
版　次	2025 年 6 月第 1 版
印　次	2025 年 6 月第 1 次印刷
开　本	730 毫米 × 940 毫米　1/32
印　张	5.625
字　数	106 千字
书　号	ISBN 978-7-221-18970-7
定　价	30.00 元

关注轻读

客服咨询

本书若有质量问题，请与本公司图书销售中心联系调换
电话：18610001468
未经许可，不得以任何方式复制或抄袭本书部分或全部内容
© 版权所有，侵权必究

刺猬的愿望

1

秋末的一天，刺猬坐在窗户跟前，望着外面。

他独自一人。从来没有人上门来做客。即便真的有人恰好从他门口经过，心想：咦，这不是刺猬的家吗？随后敲了敲门，但他不是在睡觉就是犹豫了太长时间，以至于等他打开门的时候，对方已经走了。

他用鼻子贴着窗户，闭上眼睛，历数他认识的动物们。他们不断去彼此家中做客，而且毫无来由，并不是因为谁的生日，也没有其他开派对的理由。假如我向他们发出邀请的话……他在心里想。

他还从来没有给任何人发过邀请。

他重新睁开眼睛，挠了挠长满刺的后脑勺，又思考了一会儿，然后写了一封信：

亲爱的动物们：

    谨此向大家发出邀请，

    请你们所有人来我家做客。

他一边咬笔头，一边又挠了挠后脑勺，然后继续写道：

    但是，就算没人来也没关系。

他皱起了眉头。

他想，当他们读到这封信的时候，该不会以为他其实根本就不希望别人来他家做客吧？或者他们会想：快点儿，这就去他家做客，要不然，他又该改主意了……他总是跟别人不一样……

我也不知道，他在心里想。

他把信放进柜子里的一个抽屉，摇了摇头。我不会把它寄出去的，他想，暂时不会。

2

暂时不会。刺猬回到窗户跟前坐了下来,思索着这两个词——"暂时"和"不会"。

它们在他的脑海里跳跃。"暂时"时不时彷徨地环顾四周,"不会"小心翼翼地转着圈。

他闭上了眼睛。这样,我就能看得更清楚了,他想。"不会"紧紧地抱住"暂时","暂时"乖乖地贴着"不会"。它们翩翩起舞,眼里只有彼此。

突然,门开了,一个人走了进来。那是"很久",刺猬想。他一眼认出了"很久"身后摇曳的衣摆。

"很久"径直走到"暂时"和"不会"面前,扭动着挤进它们中间,与它们一同舞动。

刺猬叹了一口气。仿佛又有什么东西进来了,是某个看不见的东西，某个既存在又不存在的东西。

是"不可思议"，他想。来的正是"不可思议"。没有任何人看得见它。

过了一会儿，"很久"离开了，"总是"走了进来。它穿着厚实、暖和的大衣，头戴一顶帽子，扭着身子挤到了"暂时"和"不会"中间。

刺猬的心怦怦直跳，似乎它们正跳着舞向他走来，穿透他的思想，满怀期待，想和他一起做些什么。只不过，他不知道它们要做的是什么。

它们仨一同蹦到桌子上，继续舞动。它们越舞越快，越舞越疯狂。刺猬简直看不下去了。他一心只想闭上脑海中的眼睛，睁开现实中的眼睛。突然，"总是"消失不见了。

"暂时"和"不会"爬下桌子，站在地上，踌躇不决。它们对视了一眼。要继续跳吗？"暂时"扬了扬眉毛，它倒是很想跳，可是，"不会"摇了摇头。

周围传来一阵喧嚣。门又一次打开，"一"和"次"走了进来。它们刚才出门被人遛了一圈。它们蹦蹦跳跳、欢呼雀跃。它俩的头上都长了一根怪异的红羽毛。

它们一把抱住"暂时"和"不会"。顷刻间，它们就安静了下来，四个小伙伴一同小心翼翼地舞动起来。

夜色笼罩了刺猬的房间。

"暂时""不会""一""次",他想。"不会""一""次""暂时"。"暂时""一""次""不会"。

一瞬间,它们如同各自的舞姿一般绚烂夺目。他想,继续跳吧,继续跳。反正,这些词语的背后,只剩下无尽的黑暗。

3

游戏!想到这儿,刺猬睁开了双眼。快停下。我说的是做客,这可不是做游戏闹着玩儿的。

他躺到床上,惦记着柜子抽屉里的那封信。

说不定,所有人都会回复说来不了,他想,他们肯定各自有各自的理由。

他仿佛看见几十封信从门缝里飘飘洒洒地落进来。他捡起信,一一展开:

"如果我来做客,我一定要吃到一个三层的蜂蜜蛋糕,蛋糕周围撒满糖,顶上还有一座喷泉,源源不断地喷射出奶油,再上面还有一片铺满翻糖的天空。不过,我觉得我应该来不了。"

"我刚刚去你家敲过门,可你没开门。我透过窗户看了看，恰好看见你匆匆忙忙地钻到了床底下。"

"非常感谢你的邀请！做客，去你家！真是太好了！我看到信的时候高兴得一蹦三尺高！刺猬，去刺猬家做客……可是，我还是不来了。"

"我觉得我来不了，只不过，我还没有想好理由。"

"我的意念会来的。"

"向你致以衷心的问候，客就不做了。"

他叹了一口气。当然了，谁也不会来。

他把信放在床边的地上，仰面躺着。他既觉得轻松，又感到悲伤。他在心里想：我就是这么孤单，就像我身上的刺一样。如果我身上长的不是刺，而是翅膀，那么我就不会这么孤单了。我会翱翔四方，再也不需要有任何期盼。

他很想睡觉。可是，他怎么也睡不着。说不定，他们都会来，他想。

他打了一个冷战，起身泡了茶。这是自己的茶，两杯。

4

他喝了茶,掏出抽屉里的信,放声朗读起来。

说不定,他们明天就来了,他想,所有人同时到,明天一早。

他觉得很冷,于是放下了手里的信。他听见动物们正纷至沓来,整座森林因激动而颤抖。

大家涌到他的门口,齐声高呼:"刺猬!我们来了!我们是你的客人!谢谢你的邀请!我们都来了!一个都不少!"

他们推开门,冲了进来。大多数动物要么走,要么飞,要么爬,唯独白斑狗鱼和欧洲鲤是游来的。他们身后还跟着鲸和鲨鱼。为了这个特别的场合,他们特意带来了汹涌的浪涛。

"好热闹啊，刺猬！"每个动物都说，"你有茶吗？有蛋糕吗？"

来的动物太多了，来不及泡茶。而且，家里只有一个小小的隔夜蛋糕。刺猬打了一个无助的手势。

"没关系哦，"他们喊道，"我们来跳舞吧！"他们搭着彼此的肩膀，唱道，"我们是客人，刺猬家的客人。我们齐聚刺猬家，一口茶水也不呷。"大家一边唱，一边围着桌子翩翩起舞。

"可是，你们不怕我吗？"刺猬一边问，一边把背上的刺竖得直挺挺的。

"不怕。"他们喊道，"我们太高兴了，没工夫害怕。"

不一会儿，地面就被他们的舞步踩塌了。脚下踩出了一个洞，鼹鼠和蚯蚓从洞里拱了出来，嚷嚷说他们也来做客了。他们带来了泥巴蛋糕。他们说，这种蛋糕久久不会过期，不过嘛，就应该马上把它吃掉。

"真是意想不到啊！"大家喊道。

反正我的确没想到，刺猬想。他悄悄溜出门，钻进了房子后面的灌木丛。

过了一会儿，动物们停下了舞步。他们发现刺猬不见了。

"刺猬，刺猬！"他们喊道。

他们的呼唤声传到了森林深处，就连骆驼和白蚁也匆匆忙忙地从沙漠奔了过来。他们可不想被落下。

"刺猬，刺猬，刺猬……"他们继续齐声呼喊。

可是,刺猬在树林里越钻越远。

他不住地摇头,把信上的"你们所有人"改成"你们之中的一位",还在前面加上了"至多"两个字,然后把信重新念了一遍。

5

他默默地在心里想:不行,不能让他们同时来。

他咬着笔头,思考了好一会儿。如果不把这封信寄出去,那就一定没人来。这一点,我很肯定。他们是不会随随便便出现,不请自来的。

他的额头上起了几道深深的皱纹。他们都很怕我,他想。他们不敢说罢了。他们一看到我身上的刺就胆战心惊。他们私下见面时,总是说无论发生什么,都不会来我家做客。

"我会去所有人家里做客。唯独不去刺猬家。"

"我也是。"

"他的刺……"

"是啊,他身上那些可怕的刺……"

"你知不知道他身上为什么有刺?"

"不知道。"

"为了把我们统统吓跑。"

"真的吗?"

"真的。"

刺猬把信放了回去。

他们说得没错,他想,我吓跑了不少人。他抖了几下,身上的刺来回摇摆。

仿佛他的身体里装着一个人,那个人来回奔跑,四处晃动,一心想逃脱出来。可是,我一点儿也不吓人!他想。

他很想打开门,走出去,振臂高呼:"动物们!是我呀!我是刺猬!我很友善!我不吓人!"

这样一来,他们就会睁大眼睛,齐声回答:"刺猬!你说得对!你没有吓跑任何人!你也吓不跑任何人!你是我们认识的动物中最友善的!只要你发出邀请,我们所有人都会来做客。你身上的刺根本不值一提……"

刺猬觉得额头上刺与刺之间的皱纹更深了,于是,他在信上添了一行脚注:

我身上的刺不值一提。

他咬着笔头,思考了好一会儿,然后把信放回了柜子抽屉里。

我身上的刺还是值得一提的,他想,我身上的刺值得好好提一提。

他点点头。比我更值得一提。

6

片刻过后,他想,说不定动物们这会儿正在互相做客呢,说不定他们会相互询问:"顺便问一句,你最近打算去刺猬家做客吗?"

"不去,你呢?"

"不去,我也不去,他没请我。"

"他也没请我。"

"太可惜了。"

"是啊,非常可惜。"

"如果他请我的话,我肯定会去。"

"我也是。"

"决定权在他手里。"

"是啊。如果他不请我们,我们也不要请他。"

"好,我们也不请他。"

他们耸了耸肩膀。就是这会儿,此时此刻。在森林的每一个角落,在大海的每一个角落,在沙漠的每一个角落,在云朵的后面,所有人都在互相做客,除了我。他们一起翩翩起舞,对我议论纷纷,都耸起了肩膀。

他悲伤不已,走到门外,想听听远处有没有欢庆的声音。

然而,森林里一片寂静。他听到,在很远很远的地方,大象从树上掉了下来;在稍微近一点的地方,青蛙试图呱呱地唱出别人无法企及的高音。没有任何迹象表明动物们在开派对或者互相做客。

这时,他心想:说不定,做客会被终结,从今天开始就禁止做客了。

他的脑海中浮现出巨大的牌子,上面写着:

从今天起,全面禁止做客。

还有:

从今天起,全面禁止邀请别人做客。

说不定,从今往后,动物们再也不会相互做客了。他们只会写信,而且,就连信也变得越来越少、

越来越短:

刺猬你好,
说完了。

还有:

亲爱的苍蝇:
我

就没有下文了。

反正,他再也用不着邀请别人了。

他竖起了耳朵。他仿佛听见远方的动物们正因为悲伤而唉声叹气。他们最喜欢做的事情就是相互做客和写信。

可是,禁令就是禁令。

我该怎么办呢?他想。他掏出抽屉里的信,又读了两遍,低头看了看脚趾,思考了一会儿,把信放了回去。

我也不知道,他想。

7

刺猬站在柜子跟前,想了想那封信,又摇了摇头。可是,刹那间,他改变了主意,点了点头,又摇了摇头,然后又一次点了点头。

这一幕时常上演,有时候,一天之内就会发生上百次。我的主意总是变来变去的,他想,那么我呢?我冷眼旁观,没什么要说的。

他咳了两声,挺直腰杆坐着,思考着哪些动物与自己相熟,只要邀请就一定会来做客。

天牛就是其中之一……他挠了挠后脑勺。

不行,他想,我弄错了,他一定不会来,他很抗拒我的邀请信。毕竟我有求于他。天牛一定会这样回信:

亲爱的刺猬:

　　我不会去你家做客的。

　　你肯定是想让我给你做事。

　　你想要没有刺的毛皮。

　　要么就是想头顶长出两根触须（所有人都希望头顶长出两根触须）。

　　要么就是再也不要窸窸窣窣。

　　要么就是想唱歌。

　　要么就是以上全部。

　　你为什么不能保持原样呢？

　　孤单，总是举棋不定，有一点点不幸，

　　又有一点点幸福。

　　你为什么不幻想几个动物？让他们去你家做客，

　　你可以跟他们聊天，跟他们跳舞，让他们说

　　你很友善，比他们想象中更友善。

天牛

他一定会这么写的，刺猬想。

他又点了点头，动手给天牛回信:

亲爱的天牛:

　　谢谢你的来信。

　　你说得没错，我就是想要全部。

我会幻想几个客人，继续保持
自己的原样。

　　　　　　　　　　　刺猬

　　他把这封信重写了十遍，每写一遍就丢掉几个字，直到信上一个字都不剩。

　　没关系，他想，反正天牛也不会来，他是唯一绝对不会来的动物。

　　可是，他很希望天牛是唯一来的动物，身为刺猬的自己对他无欲无求，他们一起喝茶，一句话也不说，只需要对彼此点点头，然后，天牛就回家。

　　他走到窗户跟前，望着外面。在他的脑海里，动物们从四面八方向他奔来。他们喊着："刺猬！刺猬！我们来做客了！谢谢你邀请我们！"

　　"我不在家！"他很想这样呼喊。可事实上，他喊的是："不客气。"

8

蜗牛和乌龟,刺猬想。于是,他坐在桌子跟前。只要我邀请他们,他们就一定会有所行动。

他的脑海中浮现出画面。

"我们走。"乌龟说。他把龟壳擦得锃亮,龟壳在阳光下闪闪发光,倒映出大树的树冠。

可是,蜗牛摇了摇头。"现在不太行。"他说。

"明天呢?"

"明天也不行。"

"什么时候才行?"

蜗牛思考了一会儿。他头顶上的触角微微摇摆。"永远不行。"他说,"我永远都不行。"他仔细想了想,发现无论什么事,都永远不行。

乌龟盯着地面，把脑袋缩进了龟壳。

"你当然行啦，"蜗牛说，"你随时随地都行。你就承认吧！"

这下，乌龟彻底消失在龟壳里了。

"就是这样！"蜗牛喊道，"你就躲着吧！丢下我不管。真是个好朋友。"

他恨得直想跺脚。

他向前迈了一步。"我走了啊。"他说。

乌龟从龟壳里钻了出来，也向前迈了一步。

"为了满足你的愿望而已。你知不知道自己究竟是谁？"蜗牛问。

"不知道。"

"反正不是乌龟。"

"不是吗？"

"不是。任性小子。看看那是谁？那是任性小子。噢，他可真任性啊！一点也不错。说起他来……简直像做客刻不容缓似的！那么明天肯定得去北极熊家做客啦。后天是住在月亮上的人。你就去吧。邀请信源源不断地来。你可别忘了你会伤害到别人。真是够了！驱赶，疲倦，毁灭，你可在行了！你一定不知道吧？是啊，你压根儿不知道。你的脑子里只有一件事。那就是你自己。是啊。你知道你是怎么回事吗？"

"不知道。"乌龟说。

"是自私。过分自私。"

蜗牛一边说,一边又向前迈了一步,随后停下了脚步。

他筋疲力尽,前往刺猬家的距离远得超乎他的想象。他一心只想慵懒地度过每一天,发发牢骚,慵懒度日。

乌龟也停下了脚步,他想到了冬天。每当冬天来临的时候,他终于能在漆黑的龟壳里久久地、沉沉地睡去。

9

刺猬站起来,在房间里来回踱步,然后躺倒在床上。

他决定先在床上躺一会儿。一旦起身,我就会陷入思考,他想。一旦陷入思考,我又会变得犹豫不决。回回都是这样。他叹了一口气。说不定,我犹豫的念头比我身上的刺还要多。幸好犹豫是看不见的。只不过……也许它们能被看见,每个人都能看见它们,只有我不行。刺猬……你说的是那个成天犹豫不决的动物吗?是的,就是他。他的犹豫可真多啊!少说也有一千个!你看,它们熠熠生辉!他简直就是太阳!

他闭上了眼睛。我总是犹豫不决,他想,而且,我有时候还会感到悲伤。可是，我从来没有走投无路。我不会走投无路的。

刺猬知道，每当他快要走投无路的时候，他的内心就会传来一声"得了"，仿佛没有这个声音，他就会撞上什么不应该撞上的东西似的。

这时，他想起了蟾蜍。每当蟾蜍怒火中烧的时候，他的内心一定不会传来一声"得了"。

天刚蒙蒙亮。有人敲门。

"请进。"他说。

蟾蜍走了进来。

"你好，刺猬。"他说。

"你好，蟾蜍。"刺猬说。

"我来做客。"

"好的。"

蟾蜍环顾四周。

他们喝了茶，面对面坐了很久，一声不吭。说不定，等茶喝完了，他就会走了，刺猬想。有人出其不意地来做过客了，大家再也不用来了。

可是，蟾蜍清了清嗓子，说道："我很想生气，刺猬。"

"为什么？"刺猬问。

"每当我去别人家做客的时候，我总是想生气。生气的感觉实在棒极了……就连蛋糕都无可比拟。"

刺猬没有说话。他从来不生气。

"我很想愤怒一番。"蟾蜍继续说,"一直气到我鼓起来,气爆为止。"他盯着刺猬,"你得让我生气。"

"我做不到。"刺猬小心翼翼地说。

"你做得到的!"蟾蜍一边喊叫,一边蹦了起来,"我不是在你家做客吗?我不是你的客人吗?我此时此刻只想生气!"

"可是,我该怎么……"刺猬说。

"说说你对我的看法!恶心!愚蠢!丑陋!就当我没来做过客!就当我不存在!你的整个冬天都被毁了!是我干的!"

他挥舞着拳头。

"可是,我没有这样想过。"刺猬说。

"你就是这样想的!"蟾蜍尖叫起来,"你必须这样想!"他变得圆鼓鼓的,眼看就要变成深绿色。他渐渐地充盈了刺猬的整个房间。"快说!"他厉声尖叫,"你必须这样想!"

"我觉得你很恶心……"刺猬小声地说。他捂住了眼睛。

"什么?"蟾蜍喊叫着,"你说什么?你说你觉得我很恶心?"

说话间,他已经鼓得不能更鼓,绿得不能再绿了。他爆炸了,眼神中流露出愤怒与喜悦。

刺猬侧过身去。我原本打算躺一会儿,不要思考来着……他想。到底还是没有做到。

10

这时,他忽然想起:如果想接待客人的话,我得把房子重新翻修一遍才行。

他躺在床上,把蟾蜍抛到脑后,盘算着修建一个屋子,专门用来接待客人。万一他们都以为自己是唯一受到邀请的,于是不约而同地一起来了呢?会客大厅。有了它,每个人都能自由走动,想坐就坐了。他要在角落里安一个池塘,用来接待想待在水里的客人,比如白斑狗鱼、欧洲鲤和棘鱼。

他还要在会客大厅的后面给自己盖一个房间,那里拒绝客人进入。他要在门上挂一块牌子,上面写着:

> 这个房间是我专用的。
> 不要敲门。不许进来。
> 　　　刺猬

他可以在里面躲清闲。

他还要在墙上钻一个小孔，透过它，可以看到外面的客人。

说不定，他们会一同站在会客大厅里面面相觑．"刺猬到底去哪儿了？我们不是在他家做客吗？他不是住在这里吗？"

"是啊，我也不知道。"

到那时，他就会大喊一声："我马上就来！"可是，他并没有立刻出现。如果他们敲门的话，他就会喊："等一下！"

这一天接近尾声的时候，客人们陆续离开。说不定，他们压根儿没见到他。他在偌大的会客大厅里徘徊，形单影只。

这才是他的最爱：形单影只地徘徊。客人是偶然。蚂蚁曾经告诉他，客人是小插曲。也许他应该在信里写上：

> 你们是我生命中的小插曲。

说不定，他们压根儿不知道什么是小插曲。他们满心以为那是一种喧闹声,于是带来了号角和硕大的鼓,未见其人,先闻其尖叫……

他没有在信里加上这句话。经过深思熟虑,他也决定不再翻修房子。

他们应当接受我原本的模样——浑身是刺的我,他想。

11

刺猬盖好被子,努力睡觉。可是,他还是睡不着。

突然,他的脑海里闪过犀牛的身影。他站在门口,敲了敲门。犀牛……一想到他,刺猬就深深地叹了一口气。

刺猬鼓足了勇气。犀牛要来做客了,刺猬想,我邀请了他。

"请进。"刺猬说。

"你好,刺猬。"犀牛一边说,一边走了进来。

"你好,犀牛。"刺猬说。他想说,他很高兴见到犀牛来做客,他很想请犀牛坐下,让他稍等片刻,为他端上茶水。他很想说,犀牛喝完茶肯定会立即离去,毕竟他还有很多事情要做,反正,在他看来,犀牛总是有做不完的事情。可是,犀牛绕过桌子,一把抓住刺猬,张开双臂抱住了他。

"你的邀请信,刺猬,"他说,"真是一份意外的惊喜啊!我早就想到你家做客了,可是,我一直以为你不愿意……要知道,我总是横冲直撞、不守秩序、情绪激动……可事实并没有那么糟糕哦……我们来跳舞好不好?"

还没等刺猬回答,他就把刺猬举到半空中,和刺猬转起了圈圈。反正,他也从来不等别人回答。

刺猬一句话也没有说,任由犀牛拖曳着自己穿过房间,来到屋外,环绕房子跳舞。有几次,他被抛到了半空中,幸好他来得及抱住犀牛的角。

犀牛一边翩翩起舞,一边放声高唱。他俩都时不时地喊一声"哎哟":不是刺猬的刺扎到了犀牛的肚子,就是犀牛踩到了刺猬的脚趾。

终于,他们被对方的腿绊到,摔倒在地,四仰八叉。

"真是棒呆……"犀牛喃喃自语,"我太爱跳舞了!"他费力地站起来,拔掉了肚子上的几根刺。

刺猬躺在地上一动不动。他身上所剩无几的刺不是被折断了就是被压扁了。他觉得这样的做客太过火了。我应该穿一双厚实的鞋的,他想。我应该告诉他我不会跳舞的。我应该早点泡好茶的。我有那么多茶。

"来吧,"犀牛说,"我该走了。"

"好的。"刺猬小声地说。

"下次你想邀请别人来做客的时候,记得告诉我。到时候,我们再一起跳舞。我还会好几种非常新奇的舞步呢。再见,刺猬。"

12

我还是起来吧,刺猬想。他坐在床沿上。

正当他坐在那里的时候,他的脑海中毫无来由地闪过了熊的身影。熊出乎意料地走了进来。

"那份邀请,刺猬。我就是为它而来的。"熊说。他迅速地扫视四周。

"你好,熊。"刺猬说。

"你一定会为我泡茶的。"熊说,"我觉得这很好。不过嘛,你有没有什么配茶的点心?"

"有的。"刺猬说。

"是什么?"

"我得看看我的柜子。我没有料到你会来……"

"让我看看。"熊说。

他打开柜子,看见最上面那层摆着一罐椴树蜂蜜。

"趁你去泡茶的时候,我先把它吃了好不好?"他一边说,一边拧开罐头,把舌头伸了进去。

"好的。"刺猬说。他动手泡茶。

"还有呢?"熊问。茶还没泡好,他就把蜂蜜吃了个精光。

"等一下……"刺猬说。

"为什么?"熊问,"难道你不知道家里还有什么东西吗?要不要我来帮你找?"

他翻遍了柜子的每一层,又瞧了瞧柜子底下,却一无所获。

不一会儿,刺猬把两杯茶端到了桌子上。与此同时,熊正在床底下四处摸索。

"这里什么都没有。"他说。

"是的。"刺猬说。他从来没往床底下藏过东西。

熊从床底下钻了出来。他瞧遍了房间的每一个角落,又敲了敲墙壁,想听听看有没有隐藏的柜子。

"什么都没有。"他终于说道。

"是的。"刺猬说,"家里什么都没有了。我有……"

他没有继续说下去。熊早就爬上了桌子,扒着灯罩向里望。他坚信那里要么放着一罐蜂蜜,要么装着一个蜂蜜蛋糕,再不然就是什么新奇的东西。那里一定放着非常美味的食物,他从来没有品尝过的食物,专门用来招待突然到访的客人。可是,那里什么也没有。

"没了。"熊说。他爬下桌子,耸耸肩膀,又一次扫视四周。"我去别家找找。"他喃喃自语,走出屋子,朝着森林深处奔去。

13

无论如何,我都得做一个蛋糕,刺猬想。做一个给所有客人吃的蛋糕。

他点点头,决心先烤一个蛋糕,然后再把邀请信送出去。

他试图回想所有动物喜欢吃的食物。我得考虑每个动物的喜好,他想。

所以,他得做一个蜂蜜蛋糕,也是一个泥巴蛋糕、奶油蛋糕、橡树皮蛋糕、冰草蛋糕、海浪蛋糕、野芝麻蛋糕、蜀葵蛋糕、五叶草蛋糕、睡莲蛋糕、苔藓蛋糕……

他不断地想起每个动物钟情的食物。

蛋糕越来越大。为了给蛋糕留出足够的空间,刺猬把自己的桌子、椅子、柜子和床统统搬出房间，放在了房子后面。

可是，它还得是一个细沙砾蛋糕、半咸水蛋糕、车前草蛋糕、柳树根蛋糕、细雪蛋糕……

蛋糕填满了整个房间，它冲破天花板，随后又冲破屋顶，透过窗户挤出屋外，推开大门。可是，它还没发酵呢……刺猬想。

他站在蛋糕脚下，抬头仰望。

当蛋糕变得像屋外的大树一样高、蛋糕的顶部冲破云朵时，他的脑海里终于出现了一个来做客的客人。客人看见蛋糕，伸手指了指，问道："那是什么？"

"是蛋糕。"刺猬说。

"蛋糕？"客人嚷嚷起来，"我不要吃蛋糕！我什么都吃，就是不吃蛋糕！"他转过身，愤怒地跑远了，丢下一句"你居然管这叫做客"。

下一位客人说："我喜欢吃蛋糕，我最喜欢吃的就是蛋糕。可是，蛋糕里不能有泥巴！"再下一位客人列举了上百种自己爱吃的蛋糕，可是，半咸水蛋糕不在这个行列里。

整整一天，动物们络绎不绝地来做客，他们看见蛋糕，伸手指一指，问里面有什么，然后后退几步，转身离去。每每在路上遇到一个动物，他们就问："你是去刺猬家做客的吗？"

"是的。"

"别去!不要去!他烤了一个恶心无比的蛋糕。"

"真的吗?"

"是的。恶心得无可比拟。"

于是,其他动物也扭头就走。

也许我应该做一个我自己爱吃的蛋糕,如果别人不爱吃或者觉得它太小了,那我就自己把它吃掉。

他深吸一口气,心想:我看着办吧。

他点了点头。先起来再说。

14

我谁也不请。起身时,他在心里想,这才是最明智的。

他瞧了瞧自己的脚。

不过,我不会变得越来越孤单吧?不会比现在更孤单吧?

他似乎看见自己坠入一个深渊,越坠越深,越坠越深,深不见底。他原地打转,身上的刺竖得直挺挺的。

孤单究竟对我有什么企图?

他不明白孤单的用心。

你对我有什么企图?有时候,当他身处黑暗之中,感到无比孤单的时候,他会这样嘀咕。随后,他会听到一些动静，有时候，那些窸窸窣窣的声音甚至很像嗓子里发出的声响。只不过，他没有听到任何回答。

"难道这个答案不能让我知道吗？"他小声地说。

又是那些动静和嗓子的声响。

孤单之嗓，他想。

他站在床边，试图想象孤单骤然消失，所有人冲将进来。甚至，他想象一个人打开门，走了进来，然后孤单从他身旁经过，悄悄地溜了出去。

他一定是一个友好、友善得过火的人，刺猬想。这个人做客时总是捧着一罐山毛榉蜂蜜。

他们会一起喝茶。他们会谈天说地。他们会决定结伴去旅行，可没过一会儿就反悔了。他们会一起望着窗外，看着暮色渐浓。他们会沉默很久很久，时不时地点点头、清清嗓子。

然后，孤单又回来了。

"是谁？"对方会问。

"是孤单。"刺猬会说。

"它住在这里吗？"

"嗯，住，住……它就在这里。它来去自由。"

"哦。"

尽管茶还没喝完，尽管他们还有重要的话要告诉对方，可是，他们两个都感到十分孤单。

"我突然体会到的这种感觉叫什么？"对方会诧

异地问。

"就是我的感觉。"刺猬会轻声细语地回答。

天色已经暗淡。对方会在沉默中离开。孤单会留下来。

15

刺猬觉得自己的额头上长出了深深的皱纹。

可是,我不会是真的孤单吧?他想。我不是还有我自己吗?我不是能和我自己聊天吗?我不是看得见我自己吗?我不是随时都在吗?

他站起身,走到镜子跟前,看着镜子里的自己,脚趾轻轻地打着节拍。

"你好,自己。"他小声说道,"我看得见你。你逃不出我的手掌,永远也逃不出。可是,你的心里藏着小秘密。别否认。我能从你脸上看出来。你的嘴巴……快说!你究竟知道些什么?"

他摇了摇头。要是真的独自一人,就做不到这些了,他想。毕竟,那样就不能为任何人保守秘密了。

他一脸严肃地看着自己。说不定，我应该扇自己一巴掌，他想。扇得我原地转圈，扇到我摔倒在地为止，一边扇还要一边喊："你真是活该！没错，就是你！你问为什么？因为你不肯告诉我你在想什么！"要不是我身上长着刺，我真会那样做的。狠狠地扇一巴掌。

　　他叹了一口气。我自己……他轻蔑地想。假如我自己压根儿就不存在……这也不是不可能吧……假如我对着镜子，却一个人也看不见……要是那样，我才算得上真正独自一人！

　　他抖了几下，坐在床沿上，用毯子盖住冰凉的脚。

　　我自己……他想。这个我自己——他到底是谁呢？他很累。他饿了。他想睡觉。他望着窗外。他身上长着刺。他写下一封信，邀请所有人来他家做客。

　　他拍了拍自己的额头。他住在这里，就在这栋房子里！我自己。是的，就是你！哎哟！

　　他弯下腰，从手上拔了一根刺。

16

他又站在窗户跟前,望着外面。天空黑漆漆的。只有零星几片树叶还悬挂在橡树的枝头。其中一片叶子挣脱树枝,飘飘悠悠地落了下来。

他决定邀请一位客人明天来做客。

那就是大象。

"你好,刺猬。"大象说。

"你好,大象。"刺猬说。

"我来做客了。"

"好的。"

大象坐下了。刺猬泡了茶。

"我们聊些什么好呢?"大象问。

刺猬心里清楚,做客的时候,必须聊点什么才行。可是，他不知道该聊什么。

"我不知道。"他说。

他俩同时喝了一口茶，努力想找出一个可以谈论的话题。可是，他们什么也想不出来。

大象环顾四周。窗户跟前摆着一张椅子。

"刺猬？……"大象问。

"你说。"刺猬说。

"我把那张椅子搬到桌子上去，你觉得可以吗？"

"可以。"刺猬说。他相信，无论客人想做什么，他都应该同意。

大象把椅子搬到了桌子上。

"我先爬到桌子上，再爬到椅子上，你觉得可以吗？"他又问。

"可以。"

大象爬上桌子，接着继续爬上椅子。

"我爬到椅子的靠背上也可以吗？"

"可以。"

"金鸡独立呢？"

"可以，金鸡独立也可以。"

大象在椅子的靠背上金鸡独立。

"如果我踮起脚尖转个圈呢？你觉得可以吗？我会的。你瞧好了。"

尽管刺猬觉得这样做不好，他还是打算同意。然而，他还没来得及开口，大象就已经踮起脚尖转了半圈，然后连同椅子一起摔在桌子上，又从桌子上摔到了地上。

"哎哟。"他说。他揉了揉后脑勺，把桌子和椅子的碎片推到一旁，垂头丧气地看着刺猬。

不行，刺猬想，我可不想让大象明天来做客。为了确保万无一失，他钻到了床底下。

17

他躺了一会儿,忽然想:说不定,就在我躺在床底下的时候,有人来做客了。那么,我该怎么办呢?我应该大喊一声:"我正躺在床底下呢。等一会儿!"还是假装我不在家呢?

在他的脑海里,长颈鹿走进了屋子。最先进来的是他的小短角,然后是他的脖子,最后是他的整个身体。

他环顾四周。刺猬不在家,他在心里想。为了确认,他还把脑袋依次伸到了柜子底下、桌子底下和床底下。

"原来你在这儿啊!"他喊道,"太有趣了!在床底下!我早就猜到你为我准备了一个惊喜!来你家的路上,我就对自己说:'是啊,刺猬,和他在一起,总会发生一些意想不到的事情……'你在这里躺了很久吗?我也要这么做。有人来我家做客的时候,我也要躺在床底下,不过,我会在门口挂一块牌子:'热烈欢迎。客人请到床底下。'要不然,他们扭头走了,我就白在床底下躺着了。而且,我还要在我的床底下开一场派对。没错,就这么定了!我要邀请所有人。我的床很大,所有人都装得下:大象、熊、蟋蟀、犀牛、天鹅……所有人,等他们觉得很闷热的时候,我就会大喊一声:'这就对啦!欢迎来到闷热派对!'当他们想喝东西或者吃东西,而床底下已经拥挤不堪,谁都挤不出去的时候,我就会喊:'欢迎来到三无派对!这就是这场派对的名字!'很多年后,他们还会对这场派对记忆犹新。'你还记得吗?''什么?''三无派对,在长颈鹿的床底下……''我当然记得啦,尽管我忘记了几乎所有的派对,可这一场绝对不会忘。'……"

他滔滔不绝,把脑袋塞在床底下的感觉真是好极了。

刺猬什么也没说。他被夹在墙壁和长颈鹿的脖子之间,动弹不得。

接着,长颈鹿说起了他的小短角,这会儿,它们正不得已地贴在他的脑袋上。

"对它们来说,这里太挤了,刺猬。"他说,"我感觉它们在抗议。不过，我才不管它们呢。你们听见了吗？你们想抗议就继续抗议吧。"

他说，这对它们来说其实是件好事。偶尔受一下挫折。一直以来，它们在他头顶上耀武扬威。一切都理所当然，不需要任何付出就能得到一切。

"我希望我能变成一个小短角，刺猬。我希望它们能变成我，而我就长在它们的脑袋上。它们会不解地看着我。是啊，就是你们。我说的就是你们。不过，我没有说它们的坏话。"他继续说。而他脑袋上的小短角正兴奋不已地来回摆动。他努力看着刺猬。"你想变成小短角，并且让小短角变成你，然后你就待在它的背上吗？难不成，你想成为全部？"

"我不知道。"刺猬说。他一心只想知道这位客人还打算待多久。

接着，长颈鹿还想聊聊他去鲸的家中做客的事。他是坐船去的。鲸一脸疑惑地看着他，喷水迎接了他的到来。"太好玩了，刺猬。简直和下雨一模一样。"他们聊了好几个小时，谈论鲸须和长颈鹿角之间的异同。鲨鱼也顺路来了，还有飞鱼……

"你可以走了。"刺猬说。他压根儿不想知道长颈鹿去鲸家做客的始末。

"谢谢你。"长颈鹿说。他从床底下钻了出来。"这样做客太有趣了！你知道吗，刺猬，我实在太喜欢了！你愿意来我家吗？到我的床底下来？"

刺猬发出了一个含混不清的声音。于是，长颈鹿便出门了。

刺猬听见他兴奋不已地向正好从门口经过的动物们讲述他到自己家做客的经历。在床底下！

"在他的床底下？"他们问。

"是啊，在他的床底下。太好玩了。他就是在那里招待所有客人的。"

18

要不然是鸵鸟？鸵鸟会来做客吗？一片漆黑之中，刺猬躺在床底下想。

他从来没有见过鸵鸟。不过，蚂蚁告诉过他，千万记得准备一些能让鸵鸟把脑袋埋进去的东西。

"什么东西？"刺猬问。蚂蚁耸了耸肩膀，说道："谁知道呢？"

谁知道呢……刺猬思索着这几个字。谁会知道呢？谁？是空气吗？说不定，鸵鸟想把脑袋埋进空气里，又或者是墙壁里。

鸵鸟走了进来。

"你好，刺猬。"

"你好，鸵鸟。你想喝茶吗？"

"好啊,不过,我得先把脑袋埋起来。"

"那倒是。你想把脑袋埋在哪儿?"

鸵鸟环顾四周。这下能知道答案了,刺猬想。

鸵鸟看见了柜子。他朝着柜子走去,拉开一个抽屉,把脑袋埋了进去。但是,不一会儿,他就把脑袋缩了回来。

"不行……"他喃喃自语。

他跪在地上,先后把脑袋埋到床底下、镜子后面和窗外。可是每一次,他都迅速地缩回脑袋,摇了摇头。在他看来,这些地方不是密不透风就是太冷了。

刺猬泡了茶。

"我不知道。"鸵鸟说,"我没有很多选择。"他把脑袋埋进灯罩里,之后,又试着把脑袋塞进刺猬身上的刺之间。

"哎哟。"他说。

"这可不行。"刺猬说。

"是的。"

鸵鸟坐在椅子上,伤心地看着胸前的羽毛。他整天把脑袋埋在那里,这也太没意思了。

刺猬递给他一杯茶。

"很遗憾,"鸵鸟说,"我对这次做客的期待值有点高。"

"好的。"刺猬说,"我还有蛋糕。"

可是,鸵鸟夺门而出,他一口茶也没有喝,也没有看一眼刺猬准备了什么蛋糕,更没有说一句话。

　　刺猬望着窗外,鸵鸟飞奔而去,在远处发出一声凄厉的惨叫,把脑袋埋进了椴树底下的土壤里。天空中扬起一阵尘土。

19

刺猬依旧躺在床底下。他不由自主地想到了蜗牛和乌龟。

时间临近晌午。走在前面的乌龟转身看了看跟在他身后的蜗牛。"我们得快一点儿……"他小心翼翼地说。

"快一点儿!你只知道要快一点儿……"蜗牛嚷嚷起来。他当即停下脚步,甚至还微微向后退了一步。"难道你不知道这个词对我来说有多扎心吗?"

乌龟沉默不语。他也不喜欢这个词,他很后悔自己说了这样的话。

"没错,你不知道!"蜗牛大喊大叫,"你只知道赶紧、赶快、立刻、马上、立即、即刻,快,快……"

这些话简直从他的嘴里喷涌而出。

他的触角涨得通红，他一头钻进了壳里。

"要不然我给他写一封信，说我们会去，但是会去得晚一点？"乌龟问。

"爱写就写吧！"蜗牛喊道。他正努力让自己恢复平静。

乌龟从壳里掏出一张纸，给刺猬写信说他们会到得晚一些，并恳求他的原谅。他希望刺猬能够谅解他们。他们的动作一直都这么慢。他们也别无他法。他们生来厌恶速度。

他咬了咬笔头。他很喜欢"厌恶"这个词。厌恶速度、匆忙、不耐烦。

蜗牛从壳里钻了出来，说道："你就写，我们彻底不去了。"他很喜欢"彻底"和"不"这两个词。他甚至希望自己的名字不叫蜗牛，而叫"彻底不"。那里头住着"彻底不"……他不会走路，不会思考，不会聊天……真是名副其实啊。

可是，乌龟并没有那样写。

"他邀请了我们。我们必须去。"他说。

"必须，必须……你成天就知道必须……"

"我们有义务。"

"义务！越来越糟了！"蜗牛不由得嚷嚷起来，他大发雷霆，脑袋一不小心撞在壳上，把壳顶撞出了一个洞。

"瞧见了吧?"他哭了起来,"你倒是说说这是谁的错!"

乌龟帮着他修理他的壳。然后,他们又沉默地上路了。

"一定会很有意思。"乌龟说。

蜗牛什么也没说。他向前滑行,暗自嘀咕,朝着离他最近的草叶一毫米一毫米地奋进,他一心只想在那片草叶旁停下脚步,缓一缓。

我很想知道,如果我邀请他们,他们会不会来,刺猬想。说不定要等到明年夏天了。要不然就是再等一年。

20

会不会突然出现许许多多我从没听说过的动物呢?躲在漆黑的床底下,刺猬突然想到。沙漠虫、海鼠、飞蟹、夜蛇……

他们已经蜂拥而至,正惊异地四下张望。

他们不知道自己被叫来干什么,他们之中的大多数甚至不知道自己存在于这个世界上。

身穿外套的动物把外套脱下来,挂在刺猬的刺上。不一会儿,刺猬的身上就挂满了上百件光怪陆离的外套,以至于他都动弹不得了。

"你们想用点什么吗?要不喝点茶?"他问。

用点什么?他们从没听说过这个词,也没听说过茶。

个别极不真实的动物吃掉了所有的桌子和椅子。他们以为那是刺猬特意给他们准备的。他们说,他们觉得桌椅很好吃,不过,相比新鲜的椅子,他们更喜欢吃甜甜的桌子。

其他动物相互打听做客在哪里。他们还以为做客是看得见摸得着的东西,说不定是刺猬为他们准备的用来过冬的外套或者帽子。他们都想要一个暖暖和和的做客。

要不然,它就是可以用来坐的东西。

来的动物越来越多。沙子熊蜂、空气狮子、横条纹的泥巴甲虫、红树懒……

他们吃掉了他的窗帘、镜子和床,开始啃他身上的刺。

他的房子和家具都被啃食一空,就连他身上的刺也所剩无几了。这时,所有的动物随手抓起别人的外套,熙熙攘攘地抓住零星的几根刺,把刺猬摔了个四仰八叉。他们打听着还有没有什么节目,比如什么迷乱的东西……他们很喜欢迷乱……他们依然不知道邀请他们前来的做客在哪里。它肯定不是帽子就对了。要不然,他们早就看见了。

最终,他们消失在森林里,朝着四面八方散去。它们不知道自己该去哪儿,说到底,不存在的动物究竟该住在哪里呢?

21

刺猬一直待在漆黑的床底。

这里最安全,他想。既孤单又安全。在这里,我给自己带来的负担最小。

他能在那里睡上很久很久,有时候,能一连睡上好几个月。然而,换作盖着被子躺在床上的话,他就只能睡一晚,天一亮,他就醒了。

他背上的刺被压扁了,发出吱吱嘎嘎的声响,就好像它们不住地呻吟,有什么不满似的。它们很委屈,他想。

"我很遗憾。"他小声地说。他知道,它们很想直立起来。它们的想法常常和他相左。

他试图向它们解释他为什么要躺在那里。可是,它们没有搭理他。

"你们说话啊!说啊!"他说道。

他希望它们能像长颈鹿的小短角那样搭理他,尽管除了长颈鹿,没有任何人听见过它们的声音。

说不定,它们只有在我睡着的时候才会说话,他想。你坐得还舒服吗?挺舒服的。你能过去一点吗?好的,没问题,不过你得往后挪一挪。这么远够吗?够了。他的呼噜声可真大啊,是吧?!喀!真高兴他睡着了。一点儿不错。我们换一换好不好?你到他的背上待着,我去他的额头上。真希望行得通!嘘!别这么大声。小心,别把他吵醒!

刺猬叹了一口气。

他想:要是它们能说话,那么它们就能唱歌。那样的话,它们就能组成一个合唱团。高音声部排到我的眼睛顶上,低音声部都到后面去。每当有人来做客的时候,它们就合唱一首欢迎曲。"我们的刺猬热烈欢迎您的到来。请进。您喝茶吗?"它们伴随着节奏,在我的背上摇摆。

他会在门外的草坪上插一块牌子,上面写着:"今日有硬刺合唱团的演出。欢迎所有人观看,包括不速之客。"到那时,就无所谓来的是不是不速之客了。不管他愿不愿意,硬刺合唱团都会在最短的时间内让所有人感到宾至如归。

到时候,这里会聚集起成百上千的动物。

长颈鹿一定会目瞪口呆,彻彻底底地目瞪口呆!他希望自己头上不止有两个小短角,而是有成百上千的小短角。

是啊,两个小短角算得上什么……刺猬会说。二重唱,怎么也比不上一个合唱团。

他想象自己身上只有两根刺,一根长在额头上,一根长在背上。

他抖了几下,朝着墙边滚去。幸好他身上长着上百根刺,说不定,还不止上百根呢!如果有人非常想要的话,他还能送出去一两根呢。他想,等冬天到来的时候,合唱团就会唱一首摇篮曲,它们柔声细语地歌唱,唱上整整一个冬天。这就是他的硬刺合唱团。

想到这里,他进入了梦乡。

22

刺猬躺在床底下睡觉,梦见自己正在看一本书。书名是《做客的优缺点》。

书的第一部分叙述了做客的缺点。刺猬读书时,他的心怦怦直跳。

这本书用好几个章节讲述了在做客之前、做客时以及做客之后有可能出现的一切状况:激烈的争吵、坏了的蛋糕、齁甜的茶水、苦涩的责备、恶毒的凝视、揪心的误解、讨人嫌的客人、久久不走的客人、一坐就塌的椅子、唱着自创歌曲还邀请所有人一起合唱的客人……

做客的缺点数不胜数。

我不要别人来做客!他一边读,一边想。

终于,他翻到了书的第二部分——做客的优点。

这一部分只有短短的一章,这一章里只写了一句话:"做客的优点不值一提。"

不值一提,刺猬想,不值一提……他放下手里的书,醒了。

我也不值一提,他想。他翻了个身,重新睡去。

不一会儿,他又开始做梦。

动物们翩翩起舞,在彼此的耳边窃窃私语:

"你愿意来我家做客吗?"

"很愿意。你也愿意来我家做客吗?"

"噢,非常愿意。你之后还会来我家做客吗?"

"就这么说定了!然后,你再来我家做客……"

每个动物都很愿意去其他动物家里做客。

片刻过后,他在森林里走着。动物们从他身旁飞驰而过,却没有跟他打招呼。

"你们为什么不和我打招呼?"他朝着他们的背影喊道。

"我们已经上气不接下气了。我们要去做客!"

"去谁家?"

"去对方的家。"

"那我呢?"

可是,他们已经听不见他的声音了。

他又一次惊醒过来,他早就已经上气不接下气了。

他从床底下钻了出来,在房间里来回踱步,又看了看外面。此刻正是午夜时分。

他钻回床底,不一会儿就又睡着了。

这是他这一晚做的第三个梦。

他收到成百上千封信,是动物们给他寄来的。

"你到底来不来我家做客?"

"假如你知道我多么期盼你能来我家做客的话……"

"你为什么不能立刻就来呢?现在,马上!"

"告诉你,如果你不立刻过来的话,我也就无计可施了。"

他出门去所有人的家里做客。当他来到森林里的空地时,发现所有动物都在那里。

"哈,你来啦!"他们喊道,"噢,真是太好了!快来做客,来我家,来我家……"他们簇拥着他,笑盈盈地看着他,往他的嘴里塞蛋糕,说他恰好赶得及来做客,晚一秒钟都不行。

"噢,刺猬,刺猬……"他们喊叫着,歌唱着。

接着,他们说:"你知道吗,你飞行的姿态简直太优美了,刺猬。"

"可我压根儿不会飞啊!"他喊道。

"你会的,你别谦虚。"

他们把他抬起来,抛到高高的空中。"你瞧,你明明会飞!"

他啪嗒一声摔在了地上。

"下次就会了。"他们一边说，一边拍了拍他的肩膀。

"小心！"他喊道，"这里有刺！"

"没有的。"他们一边说，一边用手、脚、翅膀、鱼鳍拍打着在他看来是刺的东西。就连蝴蝶也把翅膀搭了上去。

他的刺扎进了身体里。他们不住地拍打，直到那里只剩下一些胡楂儿为止。"快看，刺猬的身上有胡楂儿。"他们喊道，"这下，他变成楂儿猬啦！"

就在这时，他醒了。他被惊得蓦然坐起身，使劲儿拍着脑袋，先是不知道自己在哪里，而后又知道了，叹了一口气，重新躺下，翻了个身，摸到自己浑身上下都是刺，然后再次入睡，没有再做梦。

23

他醒来的时候,暮色正浓。

他从床底下探出脑袋,看了看房间。

我的房间,他想,我一个人的房间。

有时候,他的房间大得堪比整个世界。说不定,比整个世界还要大。

他看了看他的门。门在世界的尽头。只要从那里出去,就会落入宇宙,谁也不知道宇宙的后面是哪里。

透过窗户,他能看见整个宇宙。它很绿,也很神秘。他瑟瑟发抖。

他的天花板就是天空,灯就是太阳。只有夜里才能看见它们,不过,这也没关系,他想。

他的桌子和椅子是山，桌子和窗户之间的地方是沙漠。

大海在哪里？他想。还有河流呢？

河流在这里，就在我的床和桌子之间，他想。我就想象这里有一条河。这没什么不可以的。一切皆有可能。大海还有待发掘。我还从来没听说过它呢。

他听见小河传来潺潺的流水声，于是，他在河岸边的草地上躺了下来。那里还生长着一株柳树。

太美好了……他想。

他忘记了一切，忘记了他的孤单，忘记了秋天，忘记了柜子里还没寄出的信。

他看见在远处的窗户跟前，一个东西正扑扇着翅膀。

是蝴蝶，他想。"你好，蝴蝶！"他喊道。

的确是蝴蝶。"你好，刺猬！"他回应道。

"小心一点，"刺猬喊，"那外面是宇宙，万一你掉落……"

"会怎么样？"

"我也不知道。"

我真的不知道，他想。我还得想象一番才行，但不是现在。

他闭上眼睛，向后倒去，仰面躺在河岸边的草地上。小河从他的床和桌子之间流过，在高高的太阳的照射下波光闪闪。

谁也没有打扰他，谁也没有不期而至。

24

不一会儿,他的房间又变回了他的房间。他想,这一切也太复杂了。

他从床底下钻了出来,决定出门散步,顺便思考一下那封一直没有寄出去的信。说不定,我很快就能做出一个决定了,他想。

他来到屋外,沿着屋子旁的灌木丛向前走,径直走向森林里的空地。

在那里,他遇到了蚂蚁。

我要不要马上邀请他呢?刺猬想,这样一来,我就用不着寄信了,说不定,以后再也不会有人来我家做客了。

然而,他仅仅说了一句:"你好,蚂蚁。"

蚂蚁似乎陷入了深深的思索。他抬起头，说道："你好，刺猬。"

他们停下了脚步。刺猬希望蚂蚁能开口说些什么，可是蚂蚁一言不发。还是我来说些什么吧，刺猬想。说什么呢？他说："真是复杂啊！"他明明没有打算大声说出来的。

蚂蚁点点头。"不错，刺猬，"他说，"一切都很复杂。"

"一切？"刺猬问。他想起了自己不邀请任何动物的决定。真是复杂。可是，世界上也有许多不复杂的事情。下雨、刮风、大树的沙沙声，这些总不复杂吧？

"是的。"蚂蚁说，"说说看，你觉得哪些事情不复杂。"

刺猬思考了一会儿。"空气。"他说。

"空气！"蚂蚁大喊大叫，"这才是世界上最复杂的东西！"他一蹦三尺高，翻了个跟头，仰面朝天摔在地上，然后站起身，掸去身上的尘土，说道，"说个其他东西吧。"

刺猬列举了大地、森林、云朵，可是，每一次，蚂蚁都认为这些东西太复杂了，甚至一个比一个复杂。

这时，刺猬决定说出一样在他本人看来很复杂的东西。

"你。"他说。

蚂蚁定住了，思考了一会儿，点点头，然后说道："我很简单，刺猬。非常简单。我甚至是这个世界上最简单的东西。说起来，我算得上一个奇迹。"

刺猬瞪大眼睛看着他。

忽然，蚂蚁蹦到半空中，喊道："可是，这恰恰是最复杂的！简单等同于复杂。越简单的东西就越复杂。我是这个世界上最简单的东西，也是这个世界上最复杂的东西。"

他一动不动地站着，清了清嗓子。

刺猬没有继续追问。他原本很想知道做客复不复杂，可是，他很担心蚂蚁的回答会比他的问题更复杂。

他们相互道别，刺猬继续散了一会儿步，然后便回家了。

回到家里，他走到镜子跟前，看着镜子里的自己。

"你好，刺猬。"他小声说道，"你又来了？你是来做客的吗？是的。你真好。从来没有人来我家做客。我也从来不去别人家做客！太搞笑了。是的。"他冲着自己展露出友好的微笑，指了指椅子，问客人想不想用点什么，泡了茶，坐在客人对面，与他攀谈起来，聊起了他俩的刺以及他们共同感受到的孤单，过了好一会儿，他向他道别，朝他挥挥手，长长地舒了一口气，鼻子贴着镜子，紧紧地闭上了眼睛。

25

过了好一会儿,刺猬翻了一个身,想起了河马。他似乎看见河马朝他奔来。

"刺猬,"他喊道,"我来找你做客啦!你邀请了我。快开门。"他背上背了一个大家伙,跑得上气不接下气。

刺猬打开门,河马尝试着进屋。可是,他背上的东西实在太大了。

"那是什么?"刺猬问。

"是缸。"

"缸?"

"是的,是一个浴缸。"

河马把缸卸在了门口。"我想,我得在墙上凿一个口子。"他说。

"不得不凿吗?"

"是的。"

河马助跑了几步,奋力撞向房子的外墙。墙塌了。

他在废墟中杀出一条进门的路,又把桌子、椅子、床和柜子拖到屋外,接着,把缸摆在了房间的正中央。

"给,刺猬,"他说,"这是你的礼物。"

"可是……"

"现在,你可以随时随地泡澡了。要不要我教你怎么做?"

他爬上窗台,以优美的姿势跳进了装满水的缸里。

巨浪席卷浴缸,拍打在所剩无几的几堵墙上。

"这就是泡澡。"他说。

他在缸里浮浮沉沉。"我真心推荐哦,刺猬。"

刺猬浑身湿漉漉的,一言不发地坐在房间角落里的地上。做客还真是一件稀奇古怪的事啊……他想。

过了一会儿,河马从缸里爬了出来。"好啦,"他说,"一口缸。送给你的,刺猬。"

刺猬什么也没说。河马觉得这样的做客很有意义。他说自己要去每个人家里做客,还要给每个人都送去一口用来泡澡的缸。

"也许，我们应该在森林里灌满水，没错，就这么干！我们把它变成一口巨大的缸，然后，所有人同时从树顶上跳下来。那水花呀……"他口若悬河。

他踩在门和外墙的残骸上，丢下刺猬和缸，消失在小河的方向，一边走，一边还发出酷似口哨的声响。

我不想要缸，刺猬想，我不想泡澡。我只想要一扇不想接待客人时就可以不开的门。它十分厚重，谁也冲不破它。

26

一想到门,他就想起了木虫。他很喜欢门。

他看见木虫迎面走来,离得老远就大声喊道:"门,关上门!"

"你好,木虫。"刺猬说道。他关上了门。

"你好,刺猬。"木虫说。他在门上钻了一个孔,来到屋里。

"你要喝茶吗?"刺猬问。

"茶?它可以用来钻孔吗?"

"嗯……可能得用鼻子吧……它的气味……"

"我简直不敢想。"

"你是来做客的吗?"

"不是,我是来钻孔的。"

一个小时过去了,刺猬的周围满是木块和木屑。他已经没有了床,没有了桌子,没有了椅子,没有了柜子,没有了屋顶,没有了墙,没有了地板,没有了门。

"现在怎么办?"木虫问。

"我不知道。"刺猬叹了一口气。

"这也是我想钻的地方。"木虫说,"钻一钻你的无知。"他还想钻刺猬身上的刺。他很想知道那玩意儿钻起来是什么感觉。他喜欢接受挑战,他说。

"我的刺很有挑战性。"刺猬说。他扬起了眉毛。我到底说了些什么?他想。

一段时间过后,周围已经什么东西都没有了。

动物们从原本矗立着刺猬房子的地方走过,讨论着这里原本住着刺猬。刺猬?是的,刺猬,他现在住在哪里呢?他已经成了历史。他们相互阐释历史是什么意思以及怎么才能成为历史。主要靠木虫。可是,木虫依然在那里,他听见他们的对话,说自己倒是很想钻一钻历史,不过,那是未来的事。这样一来,无论是早是晚,还是在早晚之间的任何时间,任何一天,任何一小时,任何一分钟,任何一秒钟,它们都能被钻成木屑,吹一口气就烟消云散。等到世界上没有了时间,他还要钻一钻空间,还有黑洞……

不行,刺猬想,我可不想让木虫来。

他做了一块牌子,在上面写道:

　　　　　　木虫:请另钻他处。

　　他把牌子牢牢地钉在门上,过了一会儿,又删掉了牌子上的"请"字,在"处"字后面添了一个感叹号。直到这会儿,他才觉得自己安全了、孤单了,他在自己的家里,陪伴他的是身上的刺。
　　不过,说到安全嘛……他也不太确定。

27

他坐在桌子跟前,双手撑着脑袋,又一次陷入了沉思。

蚱蜢会来吗?他想。说不定,他明天早晨就会来敲我的门,想要开店。

时间还早,太阳还没升起,门却被敲响了。

"刺猬!"有人喊。

刺猬起身走到门口,睡眼惺忪。

"是谁啊?"

"是我。"蚱蜢说,"蚱蜢。"

刺猬打开门,蚱蜢走了进来。

"你好,蚱蜢。"刺猬说,"你收到我的信了吗?"

"收到了。"蚱蜢说。他全神贯注地四下张望,时不时点点头,把桌子推到了墙角边。

"这里是柜台。"他说。

"什么柜台?"

"我们店里的柜台。"蚱蜢说。他拉开了窗帘。"所以我才这么早来。这样,等第一位顾客出现的时候,我们就能开张了。"

他转过身。"这里是橱窗。"他说。他从刺猬的柜子里拆下一块木板,把它放在了窗台上。接着,他在木板上摆了刺猬的青草、蜂蜜、梳子、棉拖鞋和剪刀。"这些是用来出售的。"

他思索了一下。"这样吧,"他说,"这些东西特价!"

他做了一些小标签,把它们挂在床上——"完好如初",还有椅子上——"舒适安坐"。然后,他又在门上挂了一块巨大的牌子:"屋里一切待售"。

很快,动物们就上门来买东西了。

临近中午,房间里已经空空如也,蚱蜢还把刺猬的外套也卖了出去,用他自己的话说,价格十分低廉。就连刺猬冬天时戴着焐耳朵的蓝帽子也被他卖掉了。

当伶鼬买走了外套,河马买走了帽子时,蚱蜢若有所思地看着刺猬身上的刺。

"要不然,我们把它们也卖了?"他问,"买一送一?它们一定很受欢迎。要不然,我拔几根放在橱窗里?"

"可是,你不是来做客的吗?"

"做客!做客也能卖!我怎么没想到?!大家常常有这个需求,而我们恰好刚进了一批新的做客——秋日做客,各种尺寸、颜色一应俱全。时下流行款式。谢谢你,刺猬,谢谢你提醒我。我们这就把它们放到橱窗里去。我们的物品老少咸宜。"

刺猬沉默了。

28

当蚱蜢从他的脑海里消失后,他想,无论如何,蜗牛和乌龟一定还在路上。我的动作慢,他们的动作更慢。

"乌龟!"蜗牛喊道。

"在呢。"

"停一下。"

"为什么?"

"我有一个问题。"

"问吧。"

"可是,你得停下来,我才能问。"

乌龟停了下来。

"你从来不会停下脚步,是不是?"蜗牛问。

"会啊,我经常停下脚步。"

"那是什么时候?"

"现在。"

"现在……算不上停下脚步。"

"那算什么?"

"等我问问题。这不是真正的停下脚步。"

乌龟不说话了。

"你根本不知道什么是真正的停下脚步。"蜗牛说。

乌龟看着脚下,一句话也不说。

"我们走的路程有一半了吗?"蜗牛问,"这就是我想问的。"

"没到。"

"那一半的一半呢?"

"没到。"

"它的一半呢?"

"没到。"

"那是多少的一半呢?"蜗牛问。他竖起了触角。"总得是某段距离的一半吧?!"

乌龟叹了一口气,说:"我们继续走,好吗?"

"等一下。"

"又怎么了?"

"我在问问题!我们早就说好了,如果我有问题,我们两个就都会停下脚步,要不然,我就没法问问题,那样的话,我也就不知道问题的答案,我们就会迷失了。在我看来，那就是迷失得不可救药。这一切都是拜你所赐。除非你不同意我刚才说的。"

"那你问什么了？"

"问你能不能停下脚步。"

"然后我问你为什么。"

"然后我说：我有一个问题。"

乌龟不说话了。

"瞧见了吧，"蜗牛说，"我说得没错。"

乌龟继续往前走。

"你去吧！"蜗牛尖叫起来。他面红耳赤。"不要理我！对你的朋友不理不睬吧。你到底知不知道躲在壳里的你究竟是谁？"

"不知道。"乌龟一边说，一边转过身。他知道自己是乌龟，可是，在蜗牛的眼里，他常常变成另一个人。

"哈！你终于能停下脚步了，对不对？你也想知道自己是谁。"

"是闪电？"乌龟问。反正蜗牛常常把他比作闪电。

"不对。"

"是紧急情况？"

"不对。"

"是快快快？"

"对，但也不全对，我说的是另一个人。"

"那是谁?"

"对啦,只要你停下脚步,我就不会告诉你,因为停下脚步的时候,你就不是他了。"

乌龟继续往前走。

"现在你又变成他啦!"蜗牛喊道。

"谁?"乌龟一边喊,一边继续往前走。

我必须说点什么,蜗牛想。他钻进壳里,嘀咕了一些(乌龟听不到的)恶毒的话。

乌龟继续往前走了几步,扭过头,发现蜗牛已经消失在他的壳里了。他的内心产生了一种奇怪的感觉。怅惘,他想。可是,那种感觉并不是怅惘。顺从。没错。平和的顺从。

他躺了下来,在壳的呵护下,静静地睡去了。

蜗牛也睡了。

我觉得,他们永远也来不了了,刺猬想。

29

骆驼呢?刺猬想,他总有一天会来的。从遥远的沙漠赶来,连日奔走。仅仅为了来我家做客!

刺猬觉得心怦怦直跳。都是因为我的信,他想,但凡我把它寄出去了……

他想象出了骆驼的模样。骆驼喘着粗气,直呼口渴。

刺猬为他准备了好几桶茶。又赶忙做了几个沙子蛋糕。

骆驼连吃带喝。

然后,他向后一仰,惊讶地环顾四周。

"那是什么?"他一边问,一边指了指。

"是椅子。"刺猬说。

"那个呢?"

"是床。"

"那个呢?"

"是窗户。"

他指了所有东西,每指一个就摇一摇头。在他看来,这些东西都很多余。

"那个呢?"他指了指刺猬背上的刺。

"是刺。"

"它们是你的吗?"

"是的。"

"我还从来没有见过这么多余的东西。难道你不觉得羞愧吗?"

"那么,你背上的两个驼峰呢?"刺猬问。这场对话让他觉得不太舒服。

"它们也很多余!"骆驼大声喊道,"说实话,它们让我羞愧死了!你愿意要它们吗?"

"不要。"刺猬说。

可是,骆驼还是把背上的两个驼峰拔了下来,安到了刺猬的背上。他把它们插在刺上,又用拳头砸了几下,免得它们掉下来。"给。"他说。

他松了一口气,接着立刻转身而去,跑回了荒无人烟的沙漠。太舒坦了,他想,我的背上终于没有东西了!

刺猬扛着两个左摇右晃的驼峰,拖着沉重的脚步走到了窗户跟前。

  他在窗前坐下,动手给骆驼写信,说自己很愿意去一趟沙漠,到骆驼的家里做客,不过,骆驼就别到他家来了。他来做客没什么好结果。时间还早,可天色已经暗沉下来。他的刺很痛。所有人都来了。天空中下起了雨。他的家里什么都没有。屋子里已经被挤得水泄不通。寒风萧瑟。

  他又想出了一些理由,一一列上,解释了什么是下雨、什么是寒风萧瑟,然后把信丢出窗外,亲眼看着它朝沙漠的方向越飞越远。

30

说不定,天空中很快就会下起大雨,雨水会淹没整个世界,刺猬想。就连沙漠也不例外。真要那样的话,欧洲鲤和白斑狗鱼一定会欣然接受我的邀请。

他的门被冲开,巨大的海浪翻滚着涌入他的房子。

"发生了什么?"刺猬一边喊,一边爬到了桌子上。

"做客。"他听见两个声音,"发生的是做客。"

他看见欧洲鲤和白斑狗鱼欣喜若狂地围着桌子游来游去,脑袋时不时露出水面。

"你好,刺猬。"他们一边说,一边挥舞着鱼鳍。

"你好,欧洲鲤。你好,白斑狗鱼。"刺猬说。水已经没过了他脊背底部的刺。"这种状况还要持续多长时间？"

"对我们来说，"白斑狗鱼说，"这样就够了。"

水位没有继续升高，欧洲鲤和白斑狗鱼自由自在地在海浪里嬉戏。浪花轻轻地拂过、拍打着屋顶的下沿。

他们游向柜子，在最靠下的一层里找到了他们从没品尝过的东西：柳叶茶、蜂蜜蛋糕、奶油……

"我们可以尝尝吗，刺猬？"他们问。

"可以。"刺猬说。他悬挂在灯上。水位依旧不断升高。

每尝到一种新奇的味道，欧洲鲤和白斑狗鱼就会发出一声惊奇的尖叫。

"真好吃啊……"白斑狗鱼说。

"一点儿不错，白斑狗鱼。"欧洲鲤说。看起来，他的心情很好。

随着水位继续上升，刺猬通过烟囱爬到了屋顶上，又从屋顶爬到了椴树上。他看见自己的房子渐渐消失在水中，无影无踪。

欧洲鲤和白斑狗鱼游到屋外，抬起头，和他告别。

"我们要去大象家做客啦。"他们喊道。

"好的。"刺猬说。

他已经快爬到椴树的顶端了。

用不了多久,他就得游泳了。要不然,他还能抱住什么东西逃命呢?月亮?太阳?他不知道这行不行得通。

31

刺猬深吸了一口气,久久回味着这些始料未及的状况和别人上门做客时可能遭遇的各种阻碍。他努力让自己不要犹豫,更不要时不时地改变主意。

一旦把信寄出去了,说不定,就连乌鸦也会来做客,他这么想着。可是,他肯定不会进门的。他从来不进任何一扇门。

"你为什么邀请我?"乌鸦问。

"因为从来没有人来我家做客。"刺猬说。

"为什么没有人来你家做客?"

刺猬没有回答。

乌鸦满腹狐疑,他来回摇摆,发出凄厉的叫声:"不回答,是吧,不回答。"

"你想来杯茶吗?"刺猬问。

"作为唯一的客人,肯定得来一杯,是吧?所有人进门都要喝茶,唯独我不喝。"

"也不是。"

"绝对是!"乌鸦一连叫了十几遍,"绝对是!绝对是!"

随后,他又叫道:"你对我有所图谋,是不是?"

"没有啊。"

"绝对有。你就是想倒卖我,淘汰我,抛弃我……"他的叫声越发刺耳,"难怪你长了这么多刺。就是为了用来扎我。就是这么回事。瞧瞧,我把乌鸦扎了……现在,我要倒卖他了。谁想买?这难道不是一个很好的废品吗?不用,你不用怕他:他早就被淘汰了。你就那副模样走在森林里,每个人都会看见我——被扎过的乌鸦。噢,真是好极了。他是你亲手扎的吗?是的,这就是我长刺的原因。噢,这下我明白这些刺是干什么用的了!可是,我早就把这些都写在纸上了。噢,是吗?是的。写了什么?写了如果他来做客,我会很高兴的。他这么容易就上当了?是的。可怜的乌鸦。他四处上当……是啊,他人容易相信别人了……我告诉你一件事吧!嗯。即便上当,也是他活该。噢,是吗?是的。这不正是我们创造他的目的吗?那倒是。你瞧,他刚好又上套了,那只四处上当的乌鸦。他在那儿。我看见了。你瞧,他被扎了。噢,真是挂彩了。现在呢?什么现在,一直都这样。他总是被扎。真是得偿所愿。"

他飞到了半空中。"就是这样,刺猬,得偿所愿。每个人都是这样想的。得偿所愿。你们的愿就是我!"

他一边发出凄厉的叫声,一边飞远了,从刺猬的视线里消失了。

32

刺猬摇了摇头。还有龙虾,他想,他一定会进来的。

他的门被砸烂了。

"哟。"龙虾说。

"你好,龙虾。"刺猬轻声细语。他小心翼翼地向后退了几步,站在窗户跟前。

"做客。"龙虾发出尖厉的声音。他向前逼近,一路来到刺猬面前,用钳子拔下了刺猬头上的刺。

"哎哟!"刺猬说。

"再大声。"龙虾一边说,一边又拔了一根刺。

"哎哟!"刺猬说。这次的声音更大了。

"再大点声。"龙虾说,"你该不会不知道什么叫疼吧？"

他一口气拔下两根刺。

刺猬的眼睛里满是泪水，他低声哀号："你为什么这样做？"

"为什么？难道必须有原因吗？我想拔就拔。当我坐在椅子上时，我不是想往后靠就往后靠吗？或者想挠背就挠背？"

他一根接一根地拔着刺猬身上的刺。

刺猬呻吟、叹息、惊呼、尖叫，可是，龙虾每每都让他呻吟或者尖叫得更大声。这一幕简直太诡异了，令人大惑不解。

终于，刺猬变得光溜溜的，全身上下只剩下一根刺。

"我还能喝口茶吗？"龙虾问。

"能啊。"刺猬哭喊道。

龙虾缓缓地举起钳子，朝着茶壶的方向砸去。"这次做客啊……"他叹了一口气，"想喝杯茶也太费劲了……"

"很抱歉。"刺猬一边小声地说，一边匆匆忙忙地泡茶。

龙虾喝了茶，又风卷残云般把柜子里的蛋糕吞下了一大半，剩下的丢出了窗外。

接着，他把门从铰链上抽了出来，把它塞到钳子底下，走出了门框。

"这就是我留给你的做客纪念。"它一边指着门，一边说，"我喜欢收藏门。"

"好的。"刺猬抽泣道。

"下一次，你可以更疼一点。"

说完，龙虾就消失不见了，留下刺猬在光秃秃、冷冰冰的门洞里苦思冥想。凌厉的秋风穿过门洞，吹进屋里。

他坐在窗户跟前，谋划着在房间的角落里建造一个坚不可摧的存在。就算龙虾再来做客，他也别想将它攻破。其他人也别想将它攻破。

33

就连黄蜂也不行,他想。他闭上眼睛,透过窗户看见黄蜂坐在椴树旁的一根山楂枝丫上。

刺猬打开了窗户。

"你好,黄蜂。"他说,"你是来做客的吗?"

"是的。"黄蜂说。

"你可以进来。"

"还是算了吧。"黄蜂说,"只要靠近你,我就会蜇你。"

刺猬点了点头。他听懂了。"我有刺。"他说,"不过,我从来没想过用它蜇人。"

"我们不一样。"黄蜂叹了一口气。

刺猬倒了一杯茶,把它放在枝丫的另一头,与黄蜂遥遥相望。他用尽全力扑到窗外时恰好能够到那里。

黄蜂喝下满是蜂蜜的茶，与刺猬攀谈起来。他们聊起了蜇人和被蜇。

"真奇怪。"黄蜂说，"我非蜇不可，可是，除此之外，我没有任何非做不可的事。睡觉、飞行、嗡嗡叫……这些事我都想做，也都会做，但并不是非做不可。可是，说到蜇人嘛，我不想蜇，却非蜇不可。你也会有这种感觉吗？"

刺猬想了想。

"怀疑。"他说，"我不想怀疑，却非怀疑不可。每当我希望别人来我家做客时，我就会怀疑自己应不应该这样希望；每当我吃完饭的时候，我就会怀疑自己应不应该再多吃一点；每当我醒来的时候，我就会怀疑自己应不应该起床。我怀疑一切。我觉得这很奇怪。"

"是的。"黄蜂说，"的确很奇怪。"

他们两个都沉默了。也许，奇怪也是非来不可的，不管你愿不愿意。

这时，黄蜂问刺猬，自己进门待一会儿行不行。

"行。"刺猬说。

黄蜂穿过窗户，飞进屋里，坐在了刺猬身旁的窗台上。

"你要来杯茶吗？"刺猬问。

"要……呃……"黄蜂说,"我的意思是……我……呃……噢,我非做不可的念头真是要了命了……"他转过身,朝着刺猬飞去。

刺猬赶忙躲起来,一头钻进了桌子底下。

34

当刺猬把自己不愿意请到家里做客的动物挨个想了一遍之后,他躺到了床上。

他很累,可是,距离睡觉的时间还早。

我必须得想出一个人来,他想,想出一个我愿意请到家里做客的人。可是,他怎么也想不出来。

他叹了一口气。在他看来,任何人都能随意想出一个人来,唯独他是一个例外。

我出问题了,他想。可究竟是什么问题呢?

他看见自己浑身没有一根刺地走在森林里。冬天来了。他光溜溜的身体上包裹着一件厚厚的黑外套。他拖着沉重的双腿走在泥淖里,心中充满了对刺的思念。

他把它们丢了，丢在小河里，亲眼看着它们漂向大海。说不定鲸会发现它们，把它们插在自己的背上。

"我有篱笆了。你瞧！是篱笆！"鲸喊道。刺围成一个圈，将他的小喷泉团团围住。

天空中下起了雪。刺猬一步也挪不动了。家还远着呢，远在森林的边缘，那里无人居住。

他瑟瑟发抖。我到底出什么问题了？他一边想，一边叫喊："救命啊！救命啊！谁知道我到底出什么问题了？"可是，没有人回应他。

突然，夏天来临了。天热极了。他还来不及脱掉身上的外套。他身处沙漠之中。他的黑外套在他的身后摇曳。太阳长着长长的鼻子。时间啃噬着他的脖子。

随后，他就睡着了。

半夜时分，他从梦中惊醒。

"有人吗？"他喊。他觉得自己似乎听到了什么声音。事实上，只是风把门吹得砰砰响。

他小心翼翼地摸了摸后脑勺。有刺。他的脑袋上——有刺。他的背上——有刺。

刺、客人、我出的问题，这三者对我来说没有区别，他想。一点儿区别都没有。其他的倒是有区别。随后，他又睡着了。

35

他醒来的时候,天还黑漆漆的。他听见地板发出吱嘎吱嘎的响声。可是,这不是梦,他想,我很确定。

他不明白地板为什么会发出吱嘎吱嘎的响声。如果是梦的话,肯定会有原因,他想。他竖起耳朵听,却什么都听不到了。

说不定,那是鼹鼠和蚯蚓,他想。他们住在地底下。如果我邀请他们,他们说不定会来做客。

他已经听到了他们的动静。

"刺猬!刺猬!"他们呼喊着。

他们叩击地面。

"请进。"

"我们来啦!你那里黑吗?"

已经是夜晚了,可并没有伸手不见五指。

"有一点儿。"刺猬说。

"把窗帘拉上。"

刺猬拉上了窗帘。

"你还看得见你的手吗?"

刺猬把手伸到了眼睛前。

"算是看得见吧……"他说。

"算是看得见,算是看得见……"鼹鼠和蚯蚓的声音从地底下传来,"说了等于没说。"

他们让他用被子挡在窗帘前面遮住窗户,再用床底下的灰尘塞满所有的缝隙。

这下,房间里真的一片漆黑了。

刺猬听见了开裂的声音,紧随而来的是两个嗓音:"我们来了。"

他猜测他们已经在他的房间里了。

"你好,刺猬。"他们说,"原来,你住在这里啊!"

"你们想喝茶吗?"他问。

"好啊。要黑色的茶。"

刺猬摸索着泡了黑色的茶,又倒了满满两杯。

"太好喝了。"他听见他们说,"至少,还挺好喝的。"

不一会儿,他觉得身上搭了几条胳膊。

"怎么了?"

"我们跳舞。"其中一个声音响起,"我和你。这样做客太有趣了！"

另一个声音从柜子附近传来："你还有吃的吗？"

"你吃掉了哪些东西？"刺猬问。

"两个蛋糕和一罐蜂蜜。"

"没有了，没有别的了。"

"我们只能忍着了？"

"是的。"

他听见一阵偷笑，简直按捺不住。我被嘲笑了，他想，他们肯定觉得我一无是处。

"你能邀请我们真是太好了，刺猬。"其中一个声音响起。

"不过，你的招待略显简约了。"另一个声音响起。

"说抠门太难听了。"

"换作在我们地底下，你就被泥淖淹死了。"

"很抱歉。"刺猬喃喃地说。

好几个小时过后，四周终于安静下来了。他们走了，他想。

他摘下窗户上的被子，拉开了窗帘。

太阳已经升起。

地面中央留下了一个洞，那就是鼹鼠和蚯蚓消失的地方。他们八成带走了他的黑色棉拖鞋。四处都见不到这双鞋子的踪影。

刺猬站起身，望着窗外。外面正在下雨。

36

雨越下越大,刺猬不由得想起了狗獾。他也不明白这是怎么一回事。我从来都想不起他来,他想,怎么这会儿偏偏想起来了?

他看见狗獾正站在门口。他看上去举棋不定。

刺猬打开了窗户。"狗獾,"他说,"你是来做客的吗?是因为收到了我的邀请吗?"

"是的。"狗獾说。

不一会儿,他们面对面坐在了桌子旁。

刺猬倒了茶。

狗獾在杯子里搅了半天,然后说道:"我不知道该聊点什么。"

"我也不知道。"刺猬说。

"我们能聊点什么呢?"狗獾问。

"我不知道。"

"别人来做客的时候,你知道该聊些什么吗?或者说,客人知道该聊些什么吗?"

"从来没有人来我家做客。"

随之而来的是一阵沉默。

"我很担心。"狗獾一边说,一边又用勺子搅着杯子里的茶,"担心我们什么都不能聊。"

"是的。"

狗獾清了清嗓子,说道:"可是,这岂不是很糟糕?那样的话,这次的做客很失败啊。"

刺猬沉默不语。

狗獾说,他家里有一张清单,上面列举了可以聊的事情,只不过,他忘记把那张清单带来了,而且,他也不记得清单上写了些什么。

"我想,它应该就在抽屉里。"他说,"我一回家就找。不过,那时候已经晚了。"

"是的。"刺猬说。

狗獾停止搅动,盯着刺猬:"要不,我明天再来?带着我的清单来?那上面的东西够我们聊上好几个小时呢。"

刺猬一句话也没说。他不确定自己希不希望狗獾明天再来。

"你就没有类似的清单吗?"狗獾问。

"没有。"

"那你怎么知道该聊些什么呢?"

"我也不知道。"

狗獾挺直腰杆,把杯子推到一旁,细数了刺猬可以写在清单上的东西:夏天、大海……

"大海……"刺猬嘀咕,"我还从来没去过呢。"

"我也没去过。"狗獾说,"正是因为这样,它反倒很适合被列在清单上。说不定,我家里的那张清单上就有它。如果没有的话,我一定要把它加上。"

他把杯子放到自己面前,又搅了起来。

"只可惜我不记得了……"他说,"那上面的东西太多了!我们可以一连聊上好几天。我要在上面加上,我们可以聊聊忘记,忘记事情……"

他摇了摇头,不再说话了。

他们又喝了一杯茶。天色暗淡下来的时候,狗獾便回家了。

"真可惜,刺猬。"他补了一句。

"是的。"刺猬说。

37

这时,他想起了河狸。想象一下他来做客的景象吧……他一言不发。他直接在我的房间中间筑起了一堵墙。

刺猬知道河狸喜欢在自己和别人之间筑墙。

他紧紧地闭上眼睛,耳边传来敲打和拉锯的声音。

"你觉得好玩吗?"他问。从墙脚下流淌而过的茶似乎已经被喝完了,他丢到墙那头的蛋糕似乎也已经被吃完了。

"我在干活儿呢。"河狸说。

刺猬本人觉得一点儿也不好玩,可是,他没有把这句话说出口。只要我的客人觉得好玩就行。

一整天的时间，河狸不住地筑墙。

"我要将你的房子一分为二。"刺猬听见他从高高的地方向他呼喊。

他待在半栋房子里，紧挨着被墙隔开的半张床的床沿。河狸待在另外半栋房子里，在靠近屋顶的地方忙碌。

眼看着夜晚就要降临，他再也听不见河狸的任何动静。

他想：我的孤单该不会也被一分为二了吧？被分成了两个半份的孤单？

这是一个奇怪的想法，他宁愿自己的脑海里从没出现过这个想法。

他坐在左侧的半扇窗户跟前，望着窗外的灌木丛，看着云朵飞快地从天空中飘过。它们会突然变大，遮住整片天空，又突然散开，消失不见，一点儿痕迹也不留。

如果我突然消失不见了……有人突然上门来做客……他不在家吗？显然是不在。看哪，这是他写的信。是的，信上明明写了"我谨此邀请你……"。既然邀请了别人，我总得在家才行吧！况且，还有更多动物正在赶来。他们都挥舞着我寄给他们的信。刺猬不在家吗？不在。可是，他明明邀请了我们呀？！是啊！有些动物嚷嚷说他们一直都对我疑心重重……消失不见——简直跟寻人启事上的故事一模一样！他就是这样的。随后,有些动物嚷嚷说我压根儿就不存在。噢,真的吗?是真的,他纯属虚构,虚构的东西是不存在的!

他再也听不见河狸敲打的声音,四周也见不到墙或者任何类似于墙的东西。

我明明是存在的,他想。他坐在床沿上,身上包裹着被子。你知道什么才是不存在的吗?那就是"马上"。"马上"不存在。存在的只有现在。现在,我要去我的柜子跟前,把最后一罐荨麻蜂蜜吃掉。它已经在最上面那层的角落里摆了很久很久,罐身上布满了灰尘,而现在,罐子里的东西就要消失不见了,一丝痕迹都不会留下。

于是,他走到柜子跟前,拿起荨麻蜂蜜,把它吃了个精光。

38

然后,他走出了门。

秋天来了,风吹过大树光秃秃的枝丫,雨点滴滴答答地落在他的背上。

他瑟瑟发抖,可是,他不想立刻进屋。如果进屋,他又会掏出他的信,犹豫该不该把它们寄出去。

他忘记了河狸,却想到了自己的刺。假如我的身上没有刺,那该多么不一样啊……

他闭上眼睛,努力想象自己会怎样行走在森林里。他没有刺,却长了触角——头顶上支起了两根小触角;他没有了短鼻子,却长出了长鼻子;还有翅膀——身体两侧都长出了翅膀;还有一个尾翼,用来调整方向。

他费了好一番力气才把这些东西都想象齐全。假如我还会啾啾叫,而且很快乐……

他看见自己在某个清晨穿梭于森林里,天色还很早,他迈着大大的、轻盈的步子,时不时凌空飞翔,快乐地环顾周围。他听见自己啾啾的叫声,甚至还有如同知更鸟一般的歌唱。等到我生日的时候,他想,就会收到一栋房子作为礼物,到时候,我就会住到高高的橡树上,面朝大海,邀请豪猪来做客。除他之外,谁也不请,当豪猪问我要不要一起跳舞,我就会说:"好啊,很愿意……"

他把眼睛闭得更紧,看见了自己与豪猪翩翩起舞的场景,他浑身没有一根刺,却长着两根触角、一个长鼻子和一对翅膀。他挥舞着翅膀,围着豪猪翩翩起舞。豪猪浑身上下长满了刺,令人眼花缭乱。

想到这个的时候,他的脸色阴沉了下来。豪猪会理所当然地停下舞步,问道:"我真的很想知道!我到底在跟谁跳舞?"到时候,我就不得不告诉他我是刺猬,他不会相信我的话,还会说我是骗子。"你的刺去哪儿了?"他会一边问,一边打量我一番。说不定他还会把我看作威胁呢。

我不是威胁,刺猬想。

可是,说不定他不会那么说。他可能会说:"我知道的,刺猬。我知道你是谁。你是全世界最美丽、最特别的动物。"说着,他把我揽进怀里,我们继续翩翩起舞。

  他回到了屋里。风拍打着墙壁,雨疯狂地敲击窗户。想象到这里就可以了,他想。就想象到他说了那句话,然后我们一起跳舞。不要再继续想象了。他希望能变更自己克制不住的想象,但是,他知道自己总会忍不住继续想象;也知道自己无论怎样都依然是刺猬,依然浑身是刺,依然没有任何人会来他家做客;更知道不会有任何人愿意跟他一起跳舞,就连豪猪都不愿意;还知道秋天已经到来,说不定,秋天会久久驻足在他身旁。

39

想到这里,他颤抖了几下,浑身上下的刺来回摇摆,发出吱吱嘎嘎的响声,令人不由得想起夜莺。说不定,夜莺会来他家做客呢!

夜深了,春天来了,曙光初照。

夜莺从敞开的窗口飞进屋子,坐在桌子的边沿上。

"你好,夜莺。"刺猬说。

"你好,刺猬。"夜莺说。

他们喝了茶,刺猬漫不经心地问他想不想唱歌。

"想的。"夜莺说。

他张开喉,唱起了一首忧郁的歌曲。不一会儿,刺猬就感受到泪水从自己的脸颊上滑过。

他觉得很奇怪。我的身上明明不痛啊,他想,我也明明没觉得伤心啊。可是，眼泪喷涌不止。

终于等到夜莺唱完了，刺猬爬到桌子底下，拭去脸上的泪水，这才钻了出来。他希望夜莺没有看见他的眼泪。

他们又喝了一杯茶，然后彼此道别。夜莺的身影消失在茫茫夜色中。

刺猬依旧独自一人怔怔地坐在桌子跟前，周围是无尽的黑暗。那真是太美了……他想。

他想，反正夜莺已经走了，不如就让泪水重新滑过他的脸颊吧。可是，这一幕并没有发生。

他站起身，在纸上写下一行字，然后把纸贴到了镜子旁：

我一无所知。

他想不通自己为什么要写这句话，更想不通为什么要把它贴起来，说到底，他明明对一件事了如指掌，那就是他一无所知。

他的脑袋吱嘎作响。都是夜莺惹的祸，他想。

他用尽全力才想到，还有一件事也是他了如指掌的，那就是他想睡觉。

他爬上床，盖好被子，又一次听见夜莺的歌唱，感受到眼泪滑落脸颊。这就是幸福，他想。这是幸福的泪水。

40

可是,他并没有睡着。脑海中的夜莺唱完歌时,他又想起了水母。真奇怪,他想,我从来没有想到过他!

他的眼前出现了水母的身影,水母正伴随着大海的浪涛缓慢起伏。太阳照射在海面上,远处的飞鱼时不时跃出水面,在空中划出一道弧线。

水母收到了刺猬的邀请信,很想来他家做客。可是,他该怎么来呢?

他环顾四周。我应该游到沙滩上去,他想。可是,那得有鱼鳍和尾巴才行。怎么才能搞到鱼鳍和尾巴呢?

况且,就算我搞到了那些东西,就算我游到了沙滩上,又怎么才能进入森林呢?

他继续想啊想。那我还需要翅膀,可是怎么才能得到翅膀呢,我又怎么才能知道要去森林里的什么地方呢?

怎么,怎么,怎么,这个词在他的脑海中徘徊。每当清晨到来,他在浪涛中醒来时,他就会想:我怎么才能醒着?而每当夜幕降临,他想睡去时,他就会想:我怎么才能睡着?我怎么才能梦见自己是一只信天翁或者一只海豚?等到白天,每当他随着波浪起起伏伏时,他的脑海里就只剩下一个念头——我怎么才能幸福?因为,他觉得自己不太幸福。

一阵风袭来,水母沉到海底,又浮回海面。

这时,他突然想:假如我有翅膀,假如我会飞,假如我飞到了刺猬家门口,我该怎么降落呢?

他想象自己有四只脚。可是,怎么才能搞到四只脚呢?

紧接着,他想到得有一件外套才行,最好还是一件深蓝色的。他喜欢蓝色,那是大海在夏日里特有的颜色。还有蓝色的帽子和鞋子,要不然,那四只从没走过路的脚一定会踩到什么尖利的东西。

假设他好不容易搞到了鱼鳍、尾巴、翅膀、套着鞋子的四只脚、一件深蓝色的外套和一顶蓝色的帽子,不再好奇自己是从哪里搞到这些东西的,然后终于踏足刺猬的家时,他该怎么表现自己?如果刺

刺猬的愿望

猬认不出他，他又该怎么开口？我是水母，我来做客？……噢，你就是水母啊！也许，刺猬会这样回答。可是，您是怎么来的呢？是啊，怎么来的……那他就不得不找个地方坐下，然后，刺猬会问他要不要喝茶、想怎么喝。到底茶有多少种喝法？

　　他摇了摇头，想：不了，我还是不去做客了。可是，他该怎么通知刺猬呢？他又一次沉到海底，然后重新浮回海面，之后再次沉到海底。

41

"我们到底去刺猬家干什么?"蜗牛一边缓慢地向前挪,一边问。

"我不知道。"乌龟说。

"我不知道,我不知道……你一向都不知道,是不是?"蜗牛一边说,一边又停下了脚步。"你要去做客,却连自己要去做什么都不知道。怎么能这样呢?!你到底知不知道自己是谁?"

"不知道。"乌龟说。

"是无知的人。要是长了横条纹的话,那就是长了横条纹的无知的人。"

"我没有横条纹。"乌龟说。

"你什么都没有。"蜗牛说。

乌龟盯着地面。"说不定，我们去了得跳舞。"他说。

"跳舞！"蜗牛大声喊道。他的触角变得通红。"跟谁跳？肯定是鲸……"

"喀，"乌龟小声地说，"我们给彼此当舞伴。"

空气凝固了片刻。蜗牛想了想。"你总是毫无征兆地一动不动……"他喃喃自语。

不一会儿，他们试图小心翼翼且慢慢悠悠地舞动起来，这样一来，等到了刺猬家的时候，他们就不会措手不及了。

他们互相冲撞，互相羁绊，大喊了几声"哎哟"，最终决定站着不动了。

"这可不行。"乌龟说。

"你瞧瞧！"蜗牛说。他的眼泪仿佛随时会迸发出来。可是，他克制住了。

"假如刺猬提议跳舞，我们就说，我们更喜欢静止不动。"乌龟说。

"我们得告诉他，静止不动也是一种舞姿。"蜗牛说，"它的名字就叫静态舞姿。"

他们又静止了好一会儿，这才松开对方。乌龟继续向前走，蜗牛依然站着不动。"我们就当自己刚刚来到他家做客。"他一边说，一边指了指道路两旁几片锋利的叶片。它们的模样倒是和刺有几分相像。"这就是刺猬。你好，刺猬。我们来了。这是乌龟。

我们早就见过面了。我是蜗牛。我们来跳舞了,这就是缓慢的静态舞姿。"

"我们快走吧。"乌龟说。

"你可真无趣!"蜗牛嚷嚷起来,"我们才刚刚进门。"

42

刺猬躺在床上。一闭上眼睛,他的眼前就涌现出越来越多想来做客的动物。

夜幕刚刚降临。他们从森林的各个角落里冒了出来。可是,他们都站得远远的,不肯靠近。

"刺猬!"他们喊道,"你邀请了我们。可是,我们很怕你!"

刺猬站在自己家门口。他的房子里挂满了彩带和灯笼,各处摆满了蛋糕。他正期待着他们的到来。

"你们不用怕我。"他呼喊着回答,"什么都不用怕。"

"可是,我们就是害怕。光是你的刺……"

他们依然不肯靠近。

于是，他把屋子里的灯笼一个接一个地绑到刺上，再次来到门口。成百上千盏灯笼随风摇摆，照亮了他身旁的灌木和大树。

"你们现在还怕吗？"他喊道。

动物们挪动脚步迎上前来。

可是，正当第一个动物来到他身旁的时候，其中一盏灯笼着火了，不一会儿，它们都烧了起来。刺猬大呼小叫，如同一团熊熊燃烧的火跑回了屋里。

夜深了。雨水滴滴答答地落在屋顶上，他从梦中惊醒了。

我做梦了，他想。他坐在床沿上。我为什么就不能光睡觉不做梦呢？

换作我，我也会怕我的，他想。那些刺啊……它们真是既古怪又吓人！

他钻到了被子里，依然不确定该不该把信寄出去。

我古怪、吓人、孤单，还反复无常，我长着刺，我真心希望有人来我家做客，我也真心希望没有人来我家做客……他想。

我可真是个人才啊！

然后，他睡着了。

43

鳃角金龟——这是第二天早晨刺猬从睡梦中醒来时,脑海中出现的第一个念头。他一定会来的!

他看见他扑扇着翅膀迎面飞来。

"好温馨啊,刺猬!"离得老远,他就大声喊了起来。

"你好,鳃角金龟。"等鳃角金龟飞到跟前时,刺猬说。

他们走进了屋子。鳃角金龟熠熠生辉。他环顾四周。

"这里可真温馨啊,刺猬。"他说。

"你真的这么觉得吗?"

"我觉得所到之处都很温馨,不过,这里最温馨。"

他坐了下来,"我似乎还从来没有见识过像这里这么温馨的地方呢。"

刺猬泡了茶。

鳃角金龟站在刺猬身后,历数自己做过客的地方。尽管家家户户的温馨之间有细微的差别,可所有人的家里都很温馨。他一一解释有些地方在什么方面显得更温馨。

"可是,这里是所有地方之中最温馨的。"他总结道,"你可别误会,刺猬!"

"不会的。"刺猬说。他点点头,在桌子上放了两个杯子,往里面倒满了茶。

他们喝了茶,鳃角金龟说,尽管他从一开始就觉得做客特别温馨,可这会儿比刚才更温馨。

"简直难以想象。"他说。他蹦了起来,撞翻了桌子,杯子接连掉到地上碎了。滚烫的茶溅到了刺猬的身上。"我从没料到世界上还有这么温馨的景象,就像此时此地一样!"

他心满意足地伸手拍了拍刺猬的肩膀。紧接着,他大喊一声"哎哟!",重新坐了下来。他看了看手心,拔出一根刺,哽咽了一下,说即便疼得厉害,这依旧是温馨的疼。

刺猬还从没听说过这种疼。

鳃角金龟告诉他,世界上的一切都可以很温馨,就连悲伤和绝望也不例外。

"你不知道绝望能有多温馨!"他一边喊,一边挥舞着鲜血淋漓的手。

刺猬点点头,一心只想知道孤单能不能很温馨。可是,他没有把这话说出口。

鳃角金龟盯着刺猬放在他面前的新杯子,怔怔地思索了一会儿。随后,他往后一靠,说道:"说实话,我觉得你是全世界最温馨的动物,刺猬。"

"我?"刺猬说。他瞪大眼睛看着鳃角金龟。

"是啊,就是你!"鳃角金龟喊道,"我们跳舞吧!"

他蹦了起来,想抱住刺猬。可是,刺猬钻到了桌子底下。

鳃角金龟很失望。"但是,"他说,"我还从来没有体会过这么温馨的失望。"

桌子底下的刺猬屏住了呼吸,他听到鳃角金龟离开他的家,在屋外嚷嚷说这个秋天很温馨,天很快就要温馨地下起雨来……

44

刺猬在屋子里来回踱步,他接二连三地想象出有可能会来做客的动物,其中既有他认识的动物,也有他不认识的动物,甚至还有不可能上门来做客的动物,比如早就灭绝了的动物。

他的脑海中浮现出最罕见的动物。

就这样,他一连思索了好几个小时。

他想象着他认识的动物身上都长出了刺,和他一样的刺。

他们蜂拥而至。大象的身上长着刺,不断被枝杈钩住,以至于他再也不能爬树。熊的身上长着刺,他不久前在蛋糕上滚过,此刻刺上正滴下蜂蜜。蝴蝶的身上长着天鹅绒般的刺。欧洲鲤和白斑狗鱼长满刺的脑袋露出水面,惊讶地面面相觑。无所不知的蚂蚁长着刺。鼹鼠的身上长着刺,蚯蚓漫不经心地拨弄着它们。长着刺的猫头鹰分别给每个动物写信。蜗牛背着带刺的壳……

他们的身上都长着刺。他们纷纷赶来他家做客。

"刺猬!刺猬!"他们喊道。外面有成千上万只动物。浑身是刺的燕子俯冲下来,刺毛鼠飞奔而来,刺山雀敲打着他的窗户……

于是,他像往常一样,想象起自己没有刺的样子。

"刺猬!刺猬!"他们又喊了起来。

他打开门,站在门口一动不动。太阳正冉冉升起,阳光洒在他的身上,他闪闪发光、平滑无瑕。

他是世界上唯一身上没有刺的动物。

他们都瞪大了眼睛看着他。

"这不可能……"他们喃喃自语。

有的动物惊恐地四下逃散,有的动物跪倒在地,掩面而泣,嘀咕道:"刺猬啊刺猬,你对我们做了什么……"

谁也不敢靠近他。

"你们是来做客的吗?"刺猬问。

"还是不了。"他们喊道。

"我泡了茶,还有很多很多蛋糕。"

他看见有的动物犹豫了,刺棕熊甚至想向前迈一步。

可是，他们依旧不敢靠近，他们说自己不知道该怎么和他相处，浑身是刺的他们个个都觉得自己又渺小又无能，他们纷纷消失在森林、小河或泥土里。

他重新回到了屋里。

他小心翼翼地摸了摸自己的后背。我明明有刺啊，他想。他很想追上去大喊："我是你们之中的一员！我也有刺！"可是，他们已经听不见了。

他坐在桌子跟前。"他们根本用不着怕我。"他喃喃自语。他希望他们都能相信自己。

他把脑袋枕在胳膊上，睡着了。

45

没多久,他就从睡梦中惊醒过来。

我又睡了多久啊?他想。说不定我已经睡了好几天。说不定我已经睡足了一整个冬天。似乎,我总是在睡觉……

可是,当他望向窗外时,树叶正从大树上飘落下来。看来还是秋天,他想。

他来到窗户跟前,想起了蜗牛和乌龟。假如他把信寄出去了,他们这会儿肯定还在路上呢。

他闭上眼睛,听见脑海中传来蜗牛的牢骚。

"他到底为什么要邀请我们?"蜗牛问。

乌龟没有回答。

"他为什么不邀请他自己呢?那样的话,他就可以到自己家去做客了。"

"怎么做客?"乌龟问。

"什么怎么做客?"

"他该怎么去自己家做客?"

"我怎么知道?"蜗牛问,"你就知道问怎么。怎么这个,怎么那个。我该不会是要去他家做客吧?"

"没错。"

"什么没错?"

"我们就是要去他家做客。"

"真是越来越漂亮了。"

"的确如此。"

"的确如此,的确如此……你就知道说的确如此……你为什么就不能停下来呢?"蜗牛思考了一会儿,继续说道,"说起来,你为什么没有壳呢?"

"我有龟壳。"乌龟说。

"龟壳!对啦!有龟壳!你想知道一个秘密吗?"

"什么?"

"每个人都有龟壳。"

"才不是呢。"

"真的吗?谁没有龟壳?"

乌龟思考了一会儿,然后嘀咕道:"大象。"

"大象!"蜗牛喊道,"他的龟壳巨大无比!那可不是普通的壳。"

"是的,不是普通的壳。"乌龟说。他只想继续往前走。

"瞧见了吧?!"蜗牛喊道,他得意扬扬地环顾四周,"所有人都有龟壳。"他向前滑动了一小段路,然后又停下不动了。

窗户跟前的刺猬再次睁开眼睛,心想:我应该给他们写一封信。亲爱的蜗牛和乌龟:当你们收到一封邀请你们来我家做客的信时,你们不是非来不可的。我也绝对不会生你们的气。有机会的话,我肯定会去你们家做客的,但不是现在。刺猬。

他挠了挠后脑勺。他已经听见蜗牛的抱怨声了:"……非来不可,非来不可……他就知道非来不可……"说不定,蜗牛真的会生气,他真的很想来,还要立刻出发,第一个到达,于是,他开始迅速奔走,乌龟跟在他身后,一眨眼的工夫,他们就闯进门来了。

他决定无论如何都不能给他们写这封信。他闭上眼睛,脑海中再次出现他们的身影:步履蹒跚、走走停停、牢骚满腹、形影不离。

46

就在这时,他想起了野牛。他奔跑起来比谁都快。他也很有可能会来。

刺猬眼前出现了他身在遥远大草原上的身影。一封信在他的面前飘落。

是信!野牛还从来没有收到过信呢。这是一封去刺猬家做客的邀请信……是刺猬家!

野牛十分感动。他立刻丢下面前的青草,一路小跑起来,朝着森林的方向奔去。

去刺猬家做客!刺猬到底长什么模样?他一无所知。说不定,刺猬也喜欢小跑,喜欢吃草,喜欢大草原。不过,说不定他从来都没去过大草原。

野牛奋力向前奔跑。说不定,他能带着刺猬一起回来。到时候，他们可以一起小跑，一起吃草。他们两个都这么孤单……到时候，他们就能幸福地生活在一起，抬起头是蔚蓝色的天空，扑面而来的是芳香的青草，脚下是浩瀚的大草原，遥不可及的远方是蓝山的顶峰，它们似乎在地平线的那头翩翩起舞，时刻沐浴着阳光的照拂……

野牛一路小跑，一连跑了好几天。说不定，刺猬原本就来自大草原，只不过，连他自己都不记得了。说不定，他也来自某个地方，只不过，他也不记得了。说不定，他是从天上掉下来的，曾经，他在天空中一路小跑，在满天的星星之间驰骋……难怪每到夜里，天空就变得如此熟悉……

野牛蹚过沼泽，穿越灌木和矮林，游过小河，触到森林外沿的大树。眼看着他就要到了，就要到刺猬家了！他们会成为好朋友，说不定，刺猬跑起来比他还快……不过，他们会在对方跑得上气不接下气的时候略微等候，也会给对方指明最美味的青草。

他跑得越来越快。"刺猬！刺猬！"他呼喊起来。他穿过森林里的空地。就在那里，是那栋房子，那里一定就是刺猬的家了，他想。可是，他来不及减速了。他飞一般地奔跑，发出响亮而又亢奋的哞哞声，撞开大门，闯进刺猬家，径直跑到屋后，这才停下了脚步。

"刺猬！我来啦！是野牛啊！你愿意跟我一起去

大草原吗?"他一边喊,一边回头看了看墙上的洞。他看见刺猬挂在吊灯上来回晃动,原来,他情急之下抱住了吊灯。

47

这时,刺猬又想起了蛇鹫。他也住在大草原上。只要他发出邀请,蛇鹫就一定会回信,不过,他不会亲自上门。他从来不会亲自出门。刺猬清了清嗓子。蚂蚁告诉过他,这家伙压根儿就没有自我。

刺猬闭上了眼睛。在他的脑海里,一封信从敞开的窗口飘进来,转了几圈,落在了桌子上,安然自得。

刺猬双手捧起信,把它举到灯光下,读了起来。

这是一封热情洋溢的信。信里的词语温和而又优美,向他诉说着它们的近况,以及能被他阅读是多么愉悦的享受。它们很愿意来他家做客,希望他也愿意见到它们。

刺猬缓缓地、仔细地读过每一个词,有时候,甚至一连读上三四遍。

读完这封信后,他想:我应不应该为它们做点什么?可是,我要怎么为词语做点什么呢?它们喜欢什么?反正不是茶和蛋糕。

他一边想,一边把手伸进后脑勺的刺之间挠了挠。给予关注,他想,这正是它们喜欢的。

他给予它们他能给的一切关注,重新把它们读了一遍。它们变得越发美丽和欢乐了。

最后,它们甚至紧紧抓住他,把他从椅子上拽起来,和他一起在房间里翩翩起舞,搂住他的脖子,穿过他的刺轻轻挠他,小心翼翼地用它们的"o"和"u"触碰他的嘴唇。

霸王词语,每一个都是精心挑选出来的。

这是刺猬经历过的最舒心的做客。

"给我们回信。"它们小声说道,"拜托你了……"

随后,它们消失不见了,桌子上只留下一张空空如也的白纸。

刺猬睁开了眼睛。我应该给蛇鹫写一封信,他想。

他把纸挪到自己面前,写道:

亲爱的蛇鹫:

  我谨此邀请您于近期给我写一封信,不过,信里要多用元音和我不认识的罕见词语,需要我一遍又一遍地阅读,直至完全理解。

不过，我猜您应该不会给我写这种信，要不然的话……

突然间，他不知道自己还想写点什么，于是放下了手里的笔。

他又闭上了眼睛。

又一封信从敞开的窗口飘了进来。

是蛇鹫的信！他想。

他赶忙展开信，读了起来：

亲爱的刺猬：

要不然的话什么？

仅此而已。

刺猬在脑海中将信摆在桌子上，心想：说不定它就是这么含混不清，就连蚂蚁也不知道这是什么。

48

他挺直腰杆坐了起来,摇了摇头,决定只考虑那些只要邀请就真的会上门的动物。

他的脑海中出现了住在地球另一端,从没见过这片森林的长尾猴。

"你就是刺猬?"他问。

"是的。"刺猬说。

"我收到了你的邀请信。我来了。我还从来没去别人家里做过客呢。我该做些什么?"

"请进。"刺猬说。

"这是必须的吗?"

刺猬点点头,长尾猴走进了屋子。

"请坐。"刺猬说。

"这也是必须的吗?"长尾猴犹豫不决地环顾四周。

刺猬点点头,指了指椅子。

"我必须坐在那上面吗?"

"你也可以坐在地上。"

长尾猴一屁股坐在了地上。

"然后呢?"他问。

"你想喝茶吗?"

"这是必须的吗?"

"不是。"刺猬说,"这也不是必须的。"

"那么做客的时候必须做点什么呢?"

"喀,其实什么也没有。"

"那么做客是为了什么?"长尾猴问。

刺猬觉得这个问题很难回答。

"我不知道。"他说。

"会不会什么也不为?"

刺猬思考了一会儿,然后说道:"说不定一会儿就变得温馨了。"

"现在还不够温馨吗?"

刺猬沉默不语。

"你也不知道吗?"长尾猴问。

刺猬依然沉默不语。他们静静地坐了很久。

长尾猴一直期待着最后那个问题的答案。眼看着得不到回答,他开口问道:"做客是不是快结束了?"

"是的。"

"现在结束?"

"是的,现在结束。"

长尾猴站起身,走到了外面。他走了几步,转过身说道:"从今往后,无论是书面的邀请还是其他形式的邀请,我一律没空。"

"好的。"刺猬说,"再见,长尾猴。"

然而,长尾猴的身影已经消失在灌木丛中,再也听不见他的话了。

49

或许,刺猬想,长尾雉会不会在某个清晨不期而至,舒展羽毛,冷冷地环顾四周,斜靠在窗户跟前,让阳光照射在翅膀的末梢,仔仔细细地打量他,就像长尾雉所说的那样,细细地审视他?

假如他知道长尾雉会来,他一定会把房间打扫得一尘不染,再把自己清理得一干二净,一根刺一根刺地清洗、冲刷。

一切熠熠生辉。如果有动物恰好从他门口路过,他们一定会被窗户反射回来的阳光亮瞎双眼,急急忙忙地跑远。

他就是这样迎接长尾雉的。

不过,这也没什么用。

长尾雉会怜悯地摇摇头。"可悲的刺猬。"他会说。没错,这就是他的用词。他会腾地蹦到椅子上,伸长脖子朝柜子里张望。

"哎哟喂……"他会说。他会请刺猬靠近一些,指着他在柜子顶上找到的一粒灰尘。

"您可真失礼啊,刺猬。"他会一边说,一边蹦回地面。

他不愿再多说一个字,只是嗤之以鼻,大步流星地走出门去。

然而,长尾雉压根儿就不会来,刺猬想,就算求他也没有用。对他而言,我根本就不存在。

他皱了皱眉头,竖起了浑身的刺。

可是,假如他真的来了,真的找到了一粒灰尘,真的嗤之以鼻,大步流星地走出门去了,那么,只要自己足够勇敢,就一定会在他身后呼喊:"长尾雉!"然后,长尾雉会停下脚步,扭过头,越过猩红色的肩膀,投来厌倦的目光,不仅嗤之以鼻,还"嗤之以眉"。

"您自己才失礼!"刺猬会喊。他发出最为刺耳的尖叫。

他明白,这样的做法毫无意义,但是,它能带给他满足感。

满足感……到底什么才能带给我满足感呢?他想。他忘记了长尾雉的存在。

他环顾四周,看着他那栋陈旧的、布满灰尘的房子。只要他把信寄出去了,就应该会有动物上门做客。他看不见任何能带给他满足感的东西。

就在这时,他心想:当然啦!是我的刺,它们能带给我满足感!

他引以为傲的刺令他挺起了胸膛。

任由他们来吧,他想。

50

刺猬在房间里来回踱步,突然,他听见脑海中传来一阵剧烈的喧嚣。那是一种介于海浪的啪啪声和奶牛的哞哞声之间的声音。

是鲸,他想。他无处不在。

眼看着他游了过来,飞越橡树的树冠。

鲸低头看了一眼。

"刺猬住在这里吗?"他喊道。

动物们纷纷仰起头,回应道:"你好,鲸。你也收到邀请了吗?他就住在那里。"他们指了指刺猬家的方向。

"你们已经去他家做过客了吗?"鲸问。

"没有,我们会去的。"动物们回答道。

鲸小心翼翼地降低高度，飘浮在刺猬的门前。

"我可以在这里着陆吗？"他问道。

刺猬听见他的声音，走了出来。着陆……他想。"我不知道。"

"要不然我就在这里飘着？"

"好的。"

不一会儿，刺猬来来回回地端出了茶、蛋糕、咸奶油和淡海水。经过一段漫长的旅程，鲸早就又渴又饿了。

他时不时地叹一口气。"飘浮比游泳更不容易。"他说。

"你想找地方歇一歇吗？"刺猬问。

"也许吧……"

刺猬把桌子拖到屋外，鲸靠在了桌子上。"感觉好多了。"他说。

刺猬很高兴自己能为他效劳。

鲸躺在桌子上，透过玻璃朝屋里张望。"你为什么不住到大海里去？"他问。

"我不知道。"刺猬说。他从来没有思考过这个问题。

"我希望所有人都住在大海里。"鲸叹息道，"长颈鹿、蟋蟀、蚂蚁……那该多热闹呀……我们可以互相串门……开派对……围着我的喷泉开化装舞会……"

他竖起了尾巴。"一点儿不错。我差点儿忘了。我给你带来了一件东西。"

"给我的?"刺猬惊讶地问。

"是的。"

原来是一座小喷泉。

鲸把它牢牢地安在刺猬的背上,装在顶端的刺后面,然后打开了开关。

水喷涌而出,顺着刺猬的背流了下来。

那是一幅美妙的画面,可是,刺猬不知道该哭还是该笑。

"怎么才能把它关了?"他问。

"它会自动关闭的。"鲸说。

渐渐地,刺猬家周围的森林被水淹没了。支撑着鲸的桌子漂离了地面,不一会儿,鲸就穿过大门,游了进去。

"这就是我说的,"他露出灿烂的笑容,"所有人都住到大海里。"

"发生什么事了?"叫喊声从四面八方传来。有的动物看出了端倪。刺猬的身上有一座喷泉。噢。它关不掉了吗?显然是的。噢。

与此同时,鲸已经游出屋外,回到了大海。"我很享受,刺猬!"他喊道,"你觉得这样做客奇怪吗?"

"是的。"刺猬回应道。

"你也会来我家奇怪地做客吗?那样,我们就能一起享受了!"

刺猬勉强把脑袋露出水面,没有再回答。

51

刺猬坐在窗户跟前望着外面。一团浓雾在大树间向上攀升。

说不定,他们对我存有不同的期待——无与伦比的接待:满桌子的蛋糕、上百种茶水、一个合唱团。说不定,他们刚一进门就失望了,他们会环顾四周,说道:"我们待在这里干吗?你管这叫接待?简直不像话。"他们把我推倒在地,把我辛辛苦苦烤出来的灰白色苔藓蛋糕丢到窗外,他们不住地生气生气再生气。

可是,说不定我也会生气,他想。他感到自己的心怦怦直跳。说不定,我的内心深处会燃起一阵剧烈的愤怒,于是,我会喊:"可是你们也不是非来不可啊！"说不定，我身上所有的刺都会直直竖竖。

"我也没办法。"我会说。我的眼里泛起泪水，那是愤怒的泪水，我会抓住大象的长鼻子，把他从窗口甩出去，直到他砰的一下撞到橡树上，发出一声惨叫："哟吼！"到时候，我就会喊："很抱歉，大象，我真的太生气了……"接着，我抓住长颈鹿的小短角，把他甩出去；抓住熊的耳朵，把他甩出去；抓住白斑狗鱼和欧洲鲤的尾巴，把他们甩出去；抓住蟋蟀的触须，把他甩出去；抓住青蛙的呱呱叫，把他甩出去……最后，他们不是倒挂在树上，就是顺着河流漂向大海。他们还不住地哀叹："刺猬啊刺猬……你到底做了些什么……""我能做的一切。"我会回应他们，"我做了我能做的一切……"我坐在门口的草地上，一边抽泣，一边懊悔，毕竟，我也不想这么生气，我从来都不想生气，可我还是生气了。

蚂蚁告诉过他，生气是一种不必要的伤害。蚂蚁自己就从来不生气，他还劝诫别人不要生气。"只不过，有些时候……"说到这里，他嘀嘀咕咕地离开了。"那都是些什么时候？"刺猬喊道。可是，蚂蚁已经听不见了。

他们会原谅我吗？他想。他们肯定再也不会来做客了。就算我邀请他们一百次，说我装点了我的房子，准备了一百个蛋糕和两个合唱团，也无济于事。

他叹了一口气。

不，这些都不值一提，他想。就算他们很失望，把我的桌子、我的椅子、我的床和我本人都从窗口扔出去，我也不会生气。可是，我会感到遗憾，遗憾的程度等同于再也没有人来我家做客。

他就这样坐在窗前的椅子上思索着，他依然不知道该不该把信寄出去。可是，有一点他是知道的：就算他终于知道了一件事情的答案，用不了多久，他就又不知道了。

雾越来越浓。

他把窗户打开了一道缝。

外面什么声音都没有。

秋色笼罩着森林。冬天就要来了。

52

他清了清嗓子,关上窗,继续思考着哪些动物可能会来他家做客。

老鼠。老鼠收到我的邀请信时会想些什么?他一定会仔仔细细地研究一番,然后拿它同这些年收到过的其他邀请信进行对比。

他眼看着老鼠身穿一件黑外套,脖子上系着红色蝴蝶结,迎面走来。看起来,他收到邀请信了。

"你好,刺猬。"离得大老远,他就已经嚷嚷起来了,"一切都准备就绪了吗?"

"你好,老鼠。"当老鼠走到跟前时,刺猬说,"什么东西准备就绪?"

"我的介绍。"

"你要介绍什么?"

"我来你家做客与普遍意义上的做客。你不是邀请了我吗?那我总得介绍一下我的做客吧?!我会言简意赅的。我提议,我对要说的话进行一下提炼总结。"

刺猬一句话也没有说。

老鼠走进屋子,环顾四周。"那里的桌子。"他一边说,一边伸手指了指。

刺猬把桌子推到一旁。

"那里的椅子。"

刺猬把两张椅子都推到了房间的另一边。

"请坐,请坐。"老鼠说,"您请自便。"

刺猬坐了下来,老鼠爬到了桌子上。他的外套不住地摇摆。

"尊敬的来宾们……"他开口说道。

刺猬环顾四周,发现自己是唯一的来宾。

老鼠会不会想喝茶?他在心里想。可是,这话似乎还是不要问出口比较好。

老鼠清了清嗓子,介绍了做客的各个方面,他提到了其中积极向上的阳光面、阴沉甚至病态的阴暗面,做客中的误解、陷阱、热切的期待以及屡屡出现的新视角和令人惊讶的洞察。他用一些惨痛的例子佐证了自己的观点。有的客人在做客结束后忐忑不安地回到家里,从此失去了所有勇气;有的客人表现出了极不礼貌的言行举止；还有的客人毫无缘由地啜泣起来，撕烂了衣服，让身体的怪象暴露在阳光之下；等等。

介绍结束后，在场的来宾可以随意提问。

刺猬问老鼠要不要喝杯茶。

"您提出的是一个十分有趣的问题，我很愿意回答您的问题。"老鼠说，"很愿意。谢谢您。没有其他问题了吗？那么我的介绍就此结束，我宣布，真正的做客开始。谢谢您，谢谢您！"

他朝四个方向分别鞠了躬，说自己从来没有遇到过这么聚精会神的听众，还说尽管他的介绍精雕细琢、精彩绝伦，可他还是十分谦虚的。他不懂什么叫傲慢自大，他补充道，言语中透露出些许迟疑。

茶泡好了。

"您一定累了。"刺猬说。

"喀……"老鼠说，"累……这个问题我下次再谈，关于这个话题，能说的实在太多了……"他打了一个手势，就像是要挥去面前的什么东西似的。

刺猬还有很多问题想问。可是，老鼠指了指自己的喉咙，小声说道："我必须保护我的嗓子。"刺猬点了点头。

好几个小时过去了，刺猬家的所有存货都被一扫而空，沉默简直令人无法忍受，于是，老鼠回家了。

53

当老鼠从刺猬的脑海里消失后,他又想起了猫头鹰。他肯定不会来的。不过,他肯定会写封信:

亲爱的刺猬:
　　十分感谢你的邀请。
　　我来不了。
　　有太多的干扰,我的意思是,
　　干扰我的因素,所以,我没法去做客。
　　黑暗。我不想让别人看见我。
　　茶。我不喜欢喝茶。
　　交谈的话题。我从来不喜欢谈论别人想谈论的话题。

抵达和离开时的问候。

这些我都不具备。

对了,你如何看待存在?你觉得它是大还是小?

这就是我目前的思考。

你能告诉我吗?请以书面的形式告知。

十分感谢你的邀请。

猫头鹰

他读完信,思考起猫头鹰的问题来。我觉得存在是大还是小?

也许很小,他想。也许,它小到肉眼看不见。就是这样!难怪他看不见那些东西:存在、生活、幸福……它们都太小了,是肉眼不可见的。谁也看不见它们!

这时,刺猬想到了蚂蚁曾经告诉他的事——死亡。

它同样很小,也许,它是世界上最小、最无足轻重的事。

如果你的眼神足够好,好得像猫头鹰一样,也许,只是也许,你用尽全力时能看见生活和幸福,但你依然看不见死亡。因此,大家都以为它不存在。然而,按照蚂蚁的说法,它八成是真实存在的。

八成……刺猬在心里想。这就好比情非得已。情非得已的话,它会真实存在。

他禁不住战栗起来，蚂蚁却仅仅耸了耸肩，还说自己一向会在谈到死亡的时候耸耸肩。你用不着思考这个问题，完全没有必要。随后，他又清了清嗓子，转身走远了。

猫头鹰不会来做客的，刺猬想。他下定决心，不再思考关于存在的问题，更别提死亡了。他很好奇自己做不做得到。

54

他突然想：假设我邀请了每个人，等每个人都来了又走了，或者告诉我他们永远不会来做客或是来不了，到那时，蜗牛和乌龟依然在路上。

他的脑海中再度出现了他们的身影。乌龟扭过头，看见蜗牛停下了脚步。

乌龟叹了一口气，问道："你想爬到我的龟壳上来吗？"

"爬到你的龟壳上？"蜗牛嚷嚷起来。他瞪大了眼睛。

"那样的话，我们能走得快一点。"乌龟说。

"然后呢？然后我们就该脱轨了，我从你的龟壳上掉下去，全速撞到大树上，我的壳被撞碎，然后，你肯定会道歉，说你走得太快了，这个结果并非你的本意。可是，这明明就是你的本意，乌龟，你的本意一向如此！"

"我不想脱轨。"

"可是我的壳早已支离破碎，就算你快言快语地提出帮我拼凑起来，又有什么用呢？"

"你不愿意吗？"

"何止不愿意！我就像生活在废墟里一样……前面还挂着一块牌子：'欲速则不达'。这就是这堆废墟的名字。废墟旁边还挂着另一块牌子，上面写着'这都是你的过错'。"

乌龟沉默不语。

"我要保持我的速度。"蜗牛说。

"你的意思是站着不动。"

"那也是我速度的一部分。"

他们止步了很久。

"我们永远也别想到达终点。"乌龟说。

"只要我闭上眼睛，我就已经到了。"蜗牛说。

乌龟思考了一下。

"你闭上眼睛能看见刺猬吗？"他问道。

"能。"

"他长什么模样？"

"是灰色的，还有大大的耳朵和长长的鼻子。"

"那是大象。"

"大象,大象……你就知道说大象……说到底,你自己知不知道他长什么模样?"

乌龟又思考了一下,然后说道:"不知道。我不知道。但是,我们得快一点儿。"

"快一点儿!是啊!越来越漂亮了!你一定还想说向前冲,冲冲冲……你怎么不飞呢?飞起来,就能瞬间到达。"

"我没有翅膀。"

"是啊,还得来一对翅膀……你就知道翅膀,真是赤裸裸的炫耀!"

"可是,我没有翅膀啊……要不然,我们还是回去吧?"

"回去……你就知道回去……你为什么不能在说出口之前好好想一想?"蜗牛说。他咳了两声。"只要照做,你就再也不想说话了。"

乌龟沉默不语,下定决心再也不问蜗牛任何问题。他听见一阵逐渐变强的喧嚣从刺猬家的方向传来。此刻,他们正在切蛋糕。此刻,他们正在享用美味,他想。此刻,做客的氛围已经被烘托到了顶峰。

他深深地吸了一口气,扭过头看了看蜗牛。

55

说不定,乌龟会独自前来,刺猬想。

刺猬仿佛已经能听见他的敲门声了。

"谁啊?"他问。

"是我。乌龟。"

"请进。"

"刺猬,我和蜗牛,"乌龟说,"我们收到你的邀请信了。"

"他没有跟你一起来吗?"

乌龟摇了摇头。"没有。"他说,"对他来说,这一切实在太快了。"

"什么?"

可是,乌龟又摇了摇头。"他是我的朋友。"他说。

"他现在在哪里？"

"在某个地方。"乌龟说，"他正在等我。我很确定，他希望我替他向你致以衷心的问候。他总是这么周到。"

刺猬泡了茶。

他们一言不发地坐了很久很久，只是喝着茶。

乌龟沮丧地瞧着杯子。"对他来说，我太快了。"他说，"实在太快了。他是迟缓的奇迹，刺猬。而且，他还能变得越来越迟缓！"

他又一次沉默了。可是，没过一会儿，他就清了清嗓子，说蜗牛前不久还拿他与闪电进行比较。

"你也这么认为吗？"乌龟问，"就好比我闯入这里……他肯定没说错。"他咳了两声，"在他眼中，我是个暴脾气。暴脾气——他有时候会这样称呼我，带龟壳的暴脾气。"他看着刺猬，咽了一口口水。"我真心希望和他一起来做客，刺猬，他该多开心啊……"他说，"如果我们一起来的话，我们就会拥有全世界最好的脾气。"他深深地吸了一口气，"我们会成为永恒。"

刺猬看见他的眼里满是泪水。

这才是真正的朋友，他想。

"我能不能托你给他带点东西？"刺猬问，"带点好吃的之类的？"

可是，乌龟摇了摇头。"他常常说，他能自给自足。"

"他什么都不要吗？"

"只要站着不动。"乌龟说，"一切都停下不动。不光是他，还有我，还有所有人，还有全世界。"

他俩重重地叹了一口气，同时想：这不可能。乌龟想，他的这个愿望无法实现真是太糟糕了。刺猬想，这真是太可惜了，不过，或许也没那么可惜。

随后，乌龟便走了。"我要回到他身边。"他一边说，一边缓缓地转过身，"你会等我的，对不对？"刺猬听见他嘀咕，"我来了。我们终归是好朋友啊。我不能变得更迟缓。我很抱歉……"

刺猬站在门口，望着乌龟拖曳腿脚，小心地离开，消失在灌木丛里。

他走进屋子，觉得自己十分孤单。

56

说不定,我应该另写一封信,他想:

亲爱的动物们:

也许,你们之中有人会于近期来我家做客。

为了热闹一番。

又或是出于好奇,只因为从来没有人来我家做过客。

这样,他就能在做过客后告诉所有人感受如何。

不要执行这项计划。

我不随和。

我浑身是刺。

我从不知道该聊些什么。

我不会跳舞,也不会唱歌。

我泡的茶连我自己都不喜欢。

我柜子里的蛋糕早就陈旧得发灰。

我觉得自己一无是处。

我就是一无是处。

所以,别来。

刺猬

他又想:这会不会反而让他们决定来呢?专门来告诉我,我很随和,我的刺也十分美丽?而且他们都很清楚该聊些什么,他们还会环抱着我,和我一起跳舞,摔倒在地,血光四溅,还说我能跳舞,甚至跳得很好,一定也很会唱歌,泡的茶也好喝,而且他们恰恰很喜欢吃隔夜蛋糕,还说,我就是我该有的模样,他们暂时还不知道是什么样,但是迟早会知道的!

他看见他们站起身,再次发出轻微的呻吟,然后用双手环抱着他。他听见他们说,他是他们最好的朋友,毕竟,这些事,但凡第二好的朋友,他们都不愿意做。永远不做。

他走到窗户跟前,望着外面。雾散了。窗外下起雨来。

说不定,我之所以请别人来做客,只是为了证明我不希望别人来做客,他想。

　　他打开窗户,把脑袋伸到了窗外。雨落在他的脖子上,水滴在他的刺间左右摇摆,最终滑落。

　　他就这样站了很久很久。

57

夜深了,很冷。刺猬躺在床上,把身体蜷成了一团。可是,他依然不觉得暖和。

他听见外面很嘈杂。下雨了,他想。要不然就是暴风雨。

然而,外面并没有下雨,也没有暴风雨。

嘈杂声越来越近。刺猬不明白这是怎么一回事。

就在这时,门猛地打开了。一个人或者一个东西走了进来。

刺猬看了一眼,可是,光线太暗了,他什么也看不清。

"您是谁?"他怯生生地问。

"我是怪兽。"一个声音从天花板附近传来。看来,怪兽的个头很大，比刺猬认识的任何一种动物都大。

"您来这里做什么？"他问。

"来做客。"怪兽说，"不然呢？"

它越靠越近，散发出一股气味，闻起来就像陈旧的泥淖和肮脏的青草。

"您请坐。"刺猬说。他希望怪兽赶快坐下来，以免它继续靠近。

可是，怪兽把椅子撞翻了。

"您这是在做什么？"刺猬问。

"做客。你，你不是刺猬吗？"

"是的。"

"那我就走对了。"

怪兽一脚踩在椅子上，又砸烂了桌子，还用身体顶部掀翻了天花板上的灯。那里有可能是它的脑袋，刺猬想，也有可能是别的什么。

接着，它举起柜子，把它从窗口扔了出去。

"请您离开这里。"刺猬说。

"我是来做客的。我才刚刚进门。"

"我没有邀请您……"

"噢，是吗？"它的语气里满是威胁，"为什么不请我？你是不是这样想的：我要邀请所有人，除了那个怪兽？要不然，就是你以为我根本就不存在？你是不是偷偷这样期望来着？"

"我谁都没有邀请。"

"噢，是吗？谁都没有？难道你不希望别人来做客吗？"

床上的刺猬越缩越远了。

"是的，"他说，"我既希望，又偷偷地不希望。可是，我以为……"

怪兽弯下腰，凑到了他的跟前。

"我告诉你一件事吧，刺猬。"它说。

"不要。"刺猬说。

"那就不说了。"怪兽嘟囔道。它咬牙切齿，粗鲁地抓住了他。

"您想喝茶吗？"刺猬问。

他被举到空中，听见一阵巨大的声响，然后什么都没有了。

58

刺猬躺在床边的地上,从睡梦中醒来了。我是谁?他想,我的意思是,每个人都是谁,我的意思是……

他望着自己的房间。一切都是原来的样子。真听话,他想。一动不动,安安静静。

他用手肘撑起身体,坐起身来,挪到柜子跟前,从抽屉里掏出信,把它撕得粉碎。

不了,他想,我不希望别人来做客。此时此刻,我无比确信。

他拿起扫帚,开始扫地。他看了看柜子里摆放的为冬天储备的物品,铺了铺床,随后又坐到了桌子跟前。

他把脑袋枕在胳膊上，闭上眼睛，决定暂时这么坐一会儿。任何事、任何人都别想打扰他。

就在这时，他听见一阵轻轻的敲门声。

他挺起腰杆，睁开了眼睛。有人在敲门！可是，我没有邀请任何人啊？他想。

敲门声又一次响起。

"是谁？"他问。

"我。"一个声音传来，"松鼠。我能进来吗？"

"为什么？"

"我不知道，就是想进来。我想，说不定你很愿意看到别人来做客呢。"

刺猬深深地吸了一口气，左瞧瞧，右看看，站起身来，打开了门。

松鼠走了进来。

"你好，刺猬。"他说。

"你好，松鼠。"刺猬说。

"我就是来看看。"松鼠说。

他们没再多说什么，只是面对面地坐到了桌子跟前。

松鼠带来了一罐山毛榉蜂蜜。他觉得刺猬一定爱吃。

"的确如此。"刺猬说。他从柜子里取出了一罐蓟花蜂蜜，那是他为特殊场合准备的，在他看来，应当就是眼下这样的场合。

他们喝了茶，吃了蜂蜜，偶尔冲对方点点头。

到了下午，他们希望时间能够静止，又或者天牛恰好能把这天下午的一秒钟变成一小时，把一天变成一年，茶和蜂蜜变得取之不尽，用之不竭。他们透过窗户看见屋外已经被夜色笼罩，天空中飘起了雪花，他们希望这场雪无休无止，直到大门再也打不开。说不定，刺猬不得不在这里度过整个冬天。

他们觉得这样的想法还不错。当他们仔细思考时，发现任何东西都还不错。

就这样，在初冬的某一天，刺猬家意外地迎来了一位客人。

59

刺猬睡着了。

他蜷缩在房间角落里的床上,身上盖着被子。他没有做梦。

屋外一片漆黑。

外面下起了暴风雨,飘起了雪,结了冰,冰的厚度前所未有。

暴风雨仿佛想靠蛮力冲将进来,顺便还带来了雪和冰霜。它们仿佛要将整栋房子牢牢冻住,就连刺猬也不放过,用厚厚的白雪掩盖这栋房子,然后把一切都吹跑,吹到云朵里,飞快地从森林上空飞过,说不定还要飞离这个世界。

不过,它们没能得逞。

夜半时分，刺猬醒了。暴风雨的力量达到了顶峰。房子发出吱嘎吱嘎的声响、咯吱咯吱的声响、嘎嗒嘎嗒的声响。可是，他并不害怕。要是它们真的进来了，我就竖起身上的刺，他想。到时候，它们就会畏缩了。刺是他的支撑与后盾，即便连他自己都不清楚后盾到底是什么。

他缩了缩被子里的身体，想起了他认识的所有动物：森林里的、沙漠里的、大海里的、小河底的、大地上的、高空中的。

他们都给他写信，感谢他没有邀请自己。他们都是他的朋友，也永远会是他的朋友，不需要通过做客来证明。

只有松鼠写了一封与众不同的信："我感到很温馨，刺猬。"底下还有一行："回头见！"

刺猬紧紧地闭上双眼，深深地叹了一口气。回头见……他想。这是他见过的最美的词。

然后，他便睡去了，睡了一整个冬天。

产品经理: 张雅洁
视觉统筹: 马仕睿 @typo_d
印制统筹: 赵路江
美术编辑: 梁全新
版权统筹: 李晓苏
营销统筹: 好同学

豆瓣 / 微博 / 小红书 / 公众号
搜索「轻读文库」

mail@qingduwenku.com